Mikoshiba Nana
御子柴奈々
Illust. Korie Riko
梱枝りこ
氷剣の魔術師が世界を統べる 2
世界最強の魔術師である少年は、魔術学院に入学する

アリアーヌ＝オルグレン
「まぁ！　どうしたんですの！
ティアナがここにいるなんて！」

「えへへ〜、来ちゃった〜」
「初めまして、リリィー＝ホワイトと申します」
リリィー＝ホワイト
ティアナ＝オルグレン

アメリア＝ローズ
「ふふ。くふふ。
エリサも可愛いし、
クラリスも可愛いっ！
あぁ！　今日はなんて
素晴らしいのかしらっ！」

「でかいのよ！

ちょっと私にも分けなさいよ！」

「ふえぇぇぇぇ……」

エリサ＝グリフィス
クラリス＝クリーヴランド

「因果律蝶々《バタフライエフェクト》」

籠の中の鳥は、
大空へと解き放たれた——。

CONTENTS

氷剣の魔術師が世界を統べる2

世界最強の魔術師である少年は、魔術学院に入学する

御子柴奈々

講談社ラノベ文庫

口絵・本文イラスト／梱枝りこ
デザイン／百足屋ユウコ＋石田隆（ムシカゴグラフィクス）
編集／庄司智

プロローグ　籠《かご》の中の鳥

籠《かご》の中の鳥。

アメリア＝ローズを形容するならば、それが一番適切だろう。

私のことは誰よりも私が知っている。

決して籠から出ることは叶《かな》わず、翼を捥《も》がれ、ただ地面に伏せるだけ。

でもそんな私は、周囲から賛辞の声を受けている。


「さすがはアメリア様！」

「アメリア様は美しい上に、聡明《そうめい》で素晴らしいお方だ」

「さすがは三大貴族筆頭ローズ家の長女ですね。本当に素晴らしい」


そんな言葉は聞き飽きた。

私を褒めている人間はアメリア＝ローズを褒めているのではない。三大貴族という血統を褒め、尊《とうと》び、そしてそれが純粋で素晴らしいものだと。そう思っている。

貴族の体質は変わりはしない。

それはもう、幼い頃から知っていた。

貴族は自分たちを特別な存在だと思っている。

いや、思い込まされている……私にはそうとしか思えなかった。

三大貴族筆頭のローズ家。

この家に生まれて私は一度も不満を抱いたことはない。容姿にも優れ、頭脳明晰《めいせき》、特に魔術の技量はすでに白金級《プラチナ》の魔術師の域に達すると言われているほどだ。

でも私には何もない。空っぽな自分をずっと今まで見つめてきた。


空虚で、がらんどう。


それが今の私。

この学院に入学した時も思っていた。

どうせ私には何も得るものはない。

ただ周りに賛美され、進んでいくだけだと。

全てが決まり切ったレール。その上を走って、走って、走り抜けるだけ。

達成感など、ありはしなかった。

でも私は出会った。

しっかりと自分を持っている彼に——レイ＝ホワイトという存在に。


「アメリア。どうした？」

「別に、何でもないわよ。レイこそ、どうかしたの？」

「そろそろ魔術剣士競技大会《マギクス・シュバリエ》の校内予選と思ってな。出場するんだろう？」

「ええ。三大貴族筆頭だからね。新人戦は優勝を目指すわ」

「そうか。応援している。君なら、きっと優勝できるさ」

「うん。ありがと」


仮面を貼り付けている自分が嫌になる。

私は知った。

彼こそが、七大魔術師の一人である【氷剣《ひょうけん》の魔術師】であると。

しかし、それだけではない。彼の在り方そのものが、私には眩《まぶ》しかった。

確かにその過去は悲惨なものだったのだろう。でも彼はそれを乗り越えて、ここにいる。

憧れる。そして、その存在に焦がれる。

私とは違う。

大空に飛び立てる翼を持っているのだ。
今はその能力が制限されているとしても、レイはきっと……もっと偉大な存在になる。
私にはそんな予感があった。
その一方で、私は籠の中の鳥でしかない。
翼を捥がれ、飛び立つことは叶わない……哀れな鳥だ。
だから今日も懸命にその籠の中で過ごそう。
仮面を貼り付け、ローズ家の長女として振る舞おう。
皆が求めているのはアメリアではない。
アメリア＝ローズという血統の上に成り立つ三大貴族の少女なのだから。
私が私である必要はない。私は血統であり、それを引き継ぐ存在だ。
だから、今日も仮面を貼り付ける。
きっと何者にもなれない私へ。
私はそこにいますか――？

第一章　新しい出会い

グレイ教諭を撃退し、新しい日常がやってきた。もちろん俺は、今まで通りこのアーノルド魔術学院での生活を謳歌《おうか》しようと思っている。

師匠がどうして俺にこの学院に行くように勧めたのか。その理由を俺は知った。きっとここで、俺は新しい仲間と共に成長してゆけると思っている。

しかし、どうやら俺の日常はあいつがやってきた事で良くも悪くも変化することになるのだった。

「アビーさんッ！」

扉がバンッと音を立てるのを気に留めることなく、俺は学院長の部屋に入っていく。今回ばかりはとても許容できるものではない。

午前の授業が終了し、昼休みになると同時にすぐにこの部屋にやってきた。

「ん？　どうしたレイよ。そんなに慌てて」

「どうしたではありませんッ！　どうして……どうしてあの女がッ⁉」

「あぁ、キャロルのことか。ちょうど暇しているというのでな。それに、あの件もあったしな。学院を安全に保つのも、私の仕事だ」

「それでしたら、自分も尽力しますッ！　ですからどうか、あの女だけは解雇にッ！」

その瞬間。後ろから聞き慣れた声が聞こえてくる。

「え〜。レイちゃんってば〜、そんなこと言うの〜？　キャロキャロ、寂しいなぁ。キャピ☆」

「ひっ、ひぃいいいいいいいいいい！」

俺がアビーさんに直談判《じかだんぱん》をしに来ているのを知っていたのか、後ろからはちょうどキャロルのやつが現れる。

今思えば、この空間に三人も七大魔術師がいるのは異常なことなのだが……それよりも、俺はこの女をどうにかしなければならなかった。

キャロル＝キャロライン。

別名、【幻惑《げんわく》の魔術師】。

名前をオープンにし、素性なども完全に公開している七大魔術師。

おそらく、七大魔術師の中で今最も知名度があるのはこいつだろう。

そんなキャロルの本職は研究者だ。師匠と同じだが、キャロルは師匠とは違い根っからの研究者だ。特にコードの扱いではこいつの右に出る者はいないと思う。

その魔術の性質から実戦もこなせるオールラウンダーである。

師匠、アビーさん、キャロルの三人は学生時代からの付き合いであり、俺は幼い頃にその三人と出会うことになった。しかしその中でもキャロルだけは、未《いま》だに苦手なのだ……。

やはり、あの恐怖だけはまだ拭い去ることができていないからだ。

自分でいうのも何だが、少々の事では動じない性格をしていると自負している。

しかし、キャロルのことになると俺はダメなんだ。

本能がこの女は危ないと警告している。主に、性的な意味で……。

「ふふ。レイちゃんってば、大きくなったねぇ～☆」

「待て、止まれ。とりあえず、そこから先は近寄るなッ!!」

両手を突き出して、その場に止まるように促す。

「え～？　久しぶりなんだしぃ～、抱きしめたらダメなの～？　キャピ☆」

「ダメだ。絶対に、絶対にダメだッ！」

桃色の髪を揺らしながら、じりじりと近寄ってくる。

その距離感が縮まるたびに甘い香りが鼻腔《びこう》を抜ける。

そんなキャロルの顔は笑っているのだが、その目だけは決して笑ってはいなかった。それはまるで、獰猛《どうもう》な獣が狩りをするかのような雰囲気だった。

「あの時のことは謝るからさぁ〜、ね？」

「とか言って、同じことをするつもりだろう？」

「うふ。うふふふふふ☆　分かっちゃう？」

口元に手を持っていき、妖《あや》しげに笑う。

「あの時と同じ目つきをしているからな……」

「だって、こーんなにもいい男の子になったんだよ？　やっぱり、小さい頃に目をつけていた私は大正解！　って感じじゃな〜い？　キャピ☆」

そう。俺は幼い頃に、この女に襲われかけている。

眠ってる際、この女はあろうことか夜這《よば》いをかけて来たのだ。

当時の俺は自分が本当に食べられてしまうのだと恐怖し、すぐに師匠に泣きついた。

もちろんそのことを知った師匠に怒られたキャロルだが、この能天気な性格の通り反省などすることはない。

俺はしばらく夜も満足に眠れないほど、キャロルにはトラウマを植え付けられているのだ。

もちろん女性は美しい存在であり、褒めるのは当然だ。でも何事にも例外は存在する。

俺にとってのそれが、このキャロル＝キャロラインである。

「まぁ、レイも落ち着け。キャロルはその魔術の性質からしても、使い勝手がいいからな。我慢してほしい」

「ほ、本当にキャロルが俺たちの担任になるのですか……？」

懇願するような目つきでアビーさんに声をかけるが、彼女は「諦めろ」と言うだけだった。

「ふふふ。改めてよろしくねっ！　レイちゃん！」

「……」

この学院に来て、初めて退学したいと思った瞬間だった。

でも今更そうするわけにもいかないので、ここはぐっと堪《こら》えておいた。

学院では、他人のふりをしていよう。そうだ、そうすればいい。

と、心の中で勝手に現実逃避をしておいた。

「さて、レイ。そろそろ魔術剣士競技大会《マギクス・シュバリエ》が近いのは知っているな。出ないのか？」

「いえ自分は……グレイ教諭の件もありましたし。それに限定的に能力は解放できるとはいえ、また暴走しないとも限りませんから」

魔術剣士競技大会《マギクス・シュバリエ》に出場する気はない。

だが、俺は大会に全く関与しないわけではない。自分なりに、関わってみようと思っている次第だ。

「え〜、レイちゃん出ないの〜？　新人戦なら余裕で優勝できるのに〜？　もっと目立ちたいとかないの〜？」

「お前と違って俺は普通に学生生活を送りたいんだ」

「え〜？　そうなの〜？　ま、私はそれもいいと思うけどね☆　キャピ☆」

ぐ……堪えろ。我慢だ、我慢。

七大魔術師は癖のある魔術師が多いが、この女は中でもトップクラスのウザさだと思っている。基本的には誰であっても敬意は払うが、どうしてもキャロルにだけはそうもいかなかった。

これぱかりはやはり変えようがない。

「なるほど。リディアにはレイのことはくれぐれも頼まれているからな。無理強いはできまい」

「そうなのですか？」

「あぁ。あいつは弟子バカだからな」

「はは。まぁ、それはそうかもしれませんね」

俺は苦笑いするもそれはある種本当のことなので、否定することはなかった。

「ま、キャロルの件は諦めてくれ。こんな性格と言動でも、優秀な魔術師なんでな」

「……はい」

「ひどーい！　アビーちゃんもそんなこと言うの⁉　もう、ぷんぷんがおー！　だよっ！」

さらば、我が平穏な学院生活……。

◇

魔術、というものがこの世界に定着して百年以上が経過した。

それまではあらゆる超常現象は魔法と表現されていたが、魔術の始祖がコード理論を発見し、そこから魔法を魔術へと体系化した。

それから先は早いものですぐに魔術は生活に応用された。

インフラやその他の生活雑貨、衣食住にすら魔術は食い込んでくるようになり、もはや人間にとって魔術は必要不可欠なものになった。

そしてそんな魔術の発祥の地はアーノルド王国だった。世界の西に位置している巨大な大陸にある王国。

それは長い歴史を持つ伝統的な国であるが、そんな国も魔術によって変化することになった。

そして、王国の中に三つの魔術学院を設立。

そこから数多くの優秀な魔術師を今も生み出しているというのが王国の現在だ。

「ふむ……」

「どうした、レイ？　寝ないのか？」

「すまない。もう少し読書させてくれ」

「はいよ。じゃ、俺は寝るぜ」

「あぁ」

寮の一室。

俺はそこで、この世界の歴史についての本を読んでいた。別段知らないわけではないのだが、改めて勉強しようと思いエリサと一緒に出かけた王立図書館で借りて来たのだ。

「なるほど……」

改めて、本に目を通す。

アーノルド魔術学院、ディオム魔術学院、メルクロス魔術学院。

この三つが世界三大魔術学院と評され、それらが全てこのアーノルド王国の中にある。

アーノルド魔術学院は総合力に秀でている。

学術研究、それに魔術剣士の育成といった実戦魔術の両方ともに高水準の教育を施し、世界最高峰の魔術学院として名を馳《は》せている。

ディオム魔術学院は実戦に特化した魔術学院だ。

総合力ではうちの学院に劣るものの、その魔術剣士の育成と実戦教育はうちよりも秀でている面もあるらしい。

メルクロス魔術学院は学術研究に特化した魔術学院。

ここに入る生徒は、その多くが将来は研究者になるなど、それ系統の道に進む傾向にある……とか。

といっても、魔術剣士競技大会《マギクス・シュバリエ》で優勝者が出ていないわけでもない。

それぞれ特色があり、各学院が一強というわけでもなく拮抗《きっこう》しているのが現状である。

そうしてこの三つの魔術学院同士がぶつかり合う、魔術剣士競技大会《マギクス・シュバリエ》がもう少しで始まろうとしていた。


「はぁ～い！　みんな～！　おはよ～☆　キャロキャロだよ～？　今日は、魔術剣士《マギクス・》競技大会《シュバリエ》についてお知らせだよっ！」

正直いって、キャロルの顔を見るのは本当に嫌なのだが……これも仕方ないと思って、すでに諦めている。

今のところ、別に問題も起こしていない。

胸元が大胆に開いた服装と、派手な桃色の髪と、普通ではない言動をどうにかしてくれれば文句はないのだが……。

「みんな知ってると思うけど、改めて説明だよ！　魔術剣士競技大会《マギクス・シュバリエ》は三つの魔術学院が競い合う魔術剣士の大会だよ～？　それでえっと……一年生のみんなは新人戦に参加することになるね！　それで、三つの学院から選抜して合計十六人が魔術剣士競技大会《マギクス・シュバリエ》で戦いますっ！　で、新人戦の去年の優勝者はうちの学院なので、六人が魔術剣士競技大会《マギクス・シュバリエ》に参加できますよ〜？　他の学院は五人ずつで、これで合計十六人だねっ！　キャピ☆」

もはやその言動にみんな慣れているのか、それとも七大魔術師に対する尊敬なのか、突っ込む者など誰もいなかった。

それにしても、なるほど。

優勝者がいる学院は枠が増えるのか……昨年はレベッカ先輩が優勝していたから、二年生以上の本戦の方も六人の枠になるな。

また、魔術剣士競技大会《マギクス・シュバリエ》の優勝者の数はうちが一番多い。

その次が、ディオム魔術学院。次いで、メルクロス魔術学院とくるが、各学院に優勝者はそれなりに存在する。

メルクロス魔術学院は一番の弱小と思い込んでいる者もいるが、実際は近接戦の技術よりも、その卓越した魔術によって優勝している者も過去にいるらしい……とのことだった。

「じゃあ、参加したい人は早めに手続きを済ませてね〜☆　そ・れ・と、ボランティアになるけど〜、運営委員に参加したい人はいるかな〜？　校内予選の運営と、魔術剣士競技大会《マギクス・シュバリエ》でも他の学院と協力して運営活動をしてもらいたいんだけど〜？　いないのかな〜？　かなかな〜？　一人だけでいいんだけどな〜？　いないとキャロちゃん困っちゃうな〜？　かな〜？」

キョロキョロとオーバーに手を使って教室内を見渡す。

だが挙手するものはいない。ほぼ全員がキャロルから目を逸《そ》らすようにして、下を向いている。

　ふむ……運営委員か。実際のところ、何をするのかはよく知らない。でもアメリアは魔術剣士競技大会《マギクス・シュバリエ》に出場すると言っていたし、彼女ならきっと校内予選を突破して新人戦にも出場するだろう。

　ならば……裏から支えるのも、悪くはないな。

　そして俺はスッと手を挙げた。

「お！　レイちゃんやってくれるの〜？」

「はい。自分がやりましょう」

「ありがと〜！　あとでお礼、す・る・か・ら・ね？」

「いえ。お気持ちだけで結構です。キャロライン教諭」

「ぶー！　レイちゃんが冷た〜いっ！」

　俺とキャロルの関係性はバレていない。というよりも、バレたくはない。

　このアホは何かと俺に教室でも絡んでくるのだが、普通に距離をとって対応している。本当はこいつを教諭と呼ぶのも嫌なのだが、キャロルと呼び捨てにすると更に面倒なことになるので、耐え忍んでいる。

「……よし」

　改めて心を切り替えると、俺は運営活動に力を入れると誓うのだった。

「それにしても、意外だったわね。レイが運営に回るなんて」

「それは俺も思った！」

「私も……誰がやるんだろうって」

昼休み。

この四人で昼食をとることはすでに当たり前のことになっていた。

そして、俺に関する噂《うわさ》もかなり収まってきた。


枯れた魔術師《ウィザード》。


それは俺の蔑称として定着していたが、アルバートとそれにアメリアと剣を交えて以来風向きが変わったらしい。

なんでも実戦能力だけなら、学院の中でもずば抜けているとか、という噂が今度は立っているらしい。

「あぁ。俺も実際のところ、どうしようかと思ったが……アメリアが参加するようだし、少しでも力になりたくてな」

「え、そういう動機だったの？」

「あぁ。でもそうだな。俺は選手としては参加できないから、別の形で関わりたい……という気持ちもあったと思う」

「レイは結局出ないの？　受付の締め切りまではしばらくあるけど？」

　アメリアだけではない。

　エヴィもエリサも、じっと俺を見据えてくる。

　確かに、【氷剣の魔術師】としての能力がなんの問題もなく使えるのなら、参加していたかもしれない。

　でも未だ、魔術領域暴走《オーバーヒート》を自分の魔術で抑え込むので精一杯だ。

　一戦ならまだしも、連戦は無理だろう。

「残念だが無理、だな。魔術領域暴走《オーバーヒート》はまだ完治していない。でもこの四年間の中でいつかは出場できたらいいと思う」

「う……あなたが出ると、優勝間違いないでしょ」

「いや分からないさ。まだ俺も途上だ。それに試合とは最後まで分からないものだろう？」

「それはそうだけど……」

　と、アメリアは釈然としない様子だったがすぐに話題を切り替える。

「思ったけど、レイは魔術剣士競技大会《マギクス・シュバリエ》は見るのも初めてなのよね？　ルールは把握しているの？」

「確か、胸の薔薇《ばら》を散らすか、場外に落とすことだと把握している」

そして、エリサが俺の言葉を肯定してくれる。

「そうだね……レイくんの言う通りだよ」

そこからさらに、アメリアが説明をする。

「基本的には薔薇を散らすのが、一番効率がいいわね。それに危ないときは教師の介入もあるし。毎年負傷者は出るけど、死者は出ていないわ」

「なるほど。確かに戦闘不能になるまで戦うとなると、それは殺し合いになりかねないからな」

流石《さすが》に学生の大会ということで、安全などの対策はしっかりとしているようだ。

「でも俺は去年の魔術剣士競技大会《マギクス・シュバリエ》を見てるが……まぁ、かなり過酷な戦いになるのは間違いないなぁ」

「む。そうなのか、エヴィ？」

「あぁ。それぞれ学院の名前を背負っているからな。色々と対抗心とかで盛り上がるみたいだぜ？」

「それは楽しみだな」

ということで、俺は魔術剣士競技大会《マギクス・シュバリエ》に運営委員として参加することになり、まもなく校内予選が開始されることになった。

魔術剣士競技大会《マギクス・シュバリエ》の運営委員としての仕事。

それは俺には皆目予想がつかない。

今までこのような仕事に従事したことはないからだ。

俺は裏方よりも、前線で戦っている人間だったからな。

魔術剣士競技大会《マギクス・シュバリエ》はこの王国内のイベントの中でもかなり巨大なもので、それこそ他の国からの観戦者も来るほど。

王国内での盛り上がりは最高潮にもなるらしい。

だからこそ、運営委員の仕事は重要なものになるだろう。

といっても、正規のスタッフは存在しているようだ。

その中でも人数が足りない部分などを補うためにこうして学生からボランティアを募っているということを耳にした。

俺はそのことを頭に入れて、早速集合場所となる会議室に向かっていた。

「うきゃ！」

瞬間、背中にドンッと衝撃がやって来る。それはあまり強くはないものの、確かに何かがぶつかってきたという感覚が背中に残る。

後ろを振り向くと、ちょうど一人の女子生徒が倒れていた。

絹のような美しい金色の髪を左右の高い位置で結《ゆ》っている。

いわゆる……ツインテールというやつだろう。

その双眸《そうぼう》もまた、同じ金色をしていた。

また、身体《からだ》にあまり厚みはなく身長もそこまで高くはない。

全体的に少し幼い印象だった。

「君、大丈夫だろうか？」

「い、いてて……」

「立てるか？」

手を差し伸べると、それをバシッと乱暴に横に払われてしまう。

「あんたねぇ！　危ないでしょ！」

「それはすまない。だが、俺は普通に歩いていただけだが……」

「私はちょっと遅刻しそうだったから、走ってたの！　だから避《よ》けなさいよ！」

「ふむ……」

正直言って理不尽極まりないと思ったが、ここで変に口論をするよりもすぐに謝ったほうがいいだろう。

そう判断して、素直に頭を下げることにした。

「申し訳ない。今後は気をつけたい」

「……からかってるの？」

じっと半眼で不服そうに見上げてくる。

その視線は、明らかに不満を含んでいるようだった。

「いや、全く。誠実に対応したいと思っているが」

「ん～？　あんたの顔、どこかで見たことあるのよね～」

ジロジロと俺の顔を見てきた彼女は、急にハッとした表情になる。

「あ！　もしかして、あんたが一般人《オーディナリー》!?」

「そうだな。レイ＝ホワイトという。以後、よろしく頼む」

「ふんっ！　私はクラリス＝クリーヴランド。誇り高き、クリーヴランド家の長女よ？」

ふふん、と胸を張るようにして得意顔をする彼女。

その姿は鼻につくということはなく、どちらかと言えば妙に微笑《ほほえ》ましいというか、懐かしいというか、そんな感覚があった。

しかし、誇り高きクリーヴランド家とやらは寡聞にして存じない。

「なるほど。クリーヴランド家は存じ上げないが、これからも仲良くしてくれたらうれしい。ミス・クリーヴランド」

「え、知らないの？　私の家……」

ポカンとした顔になる。明らかにショックを受けている様子だった。

「すまない。貴族事情には疎くてな。申し訳ない」

「そっかー。うん、まぁいいけどね。うん……割と有名な貴族の家なんだけどなー。そうかー。知らないかー」

と、死んだ魚のような目をして呆然《ぼうぜん》としているので俺はすぐにフォローをする。

「クリーヴランド家は知らないが、君の家系はきっと美しい人が多いのだろうな」

「え！　分かっちゃう……!?」

反応が明らかに変わるので、俺はそのまま褒めちぎることにした。

「君を見れば一目瞭然だろう。その凛《りん》とした顔立ちに、綺麗《きれい》な双眸。俺としては特にそのツインテールがチャーミングで素晴らしいと思う」

「あんた！」

ガシッと肩を思い切り摑《つか》まれる。身長は彼女の方がだいぶ低いので、少し背伸びをして無理をしているようだが。

「このツインテールの素晴らしさを理解できるなんて、分かってるじゃない！　私は、ツインテールを愛し、ツインテールに愛された女なのよ！」

「おぉ！　それは素晴らしいな！　綺麗なツインテールをしていると思っていたが、そういうことだったか」

ぴょこぴょこと揺れる金色のツインテール。

原理は不明だが、それは感情とつながっているような動きをしていた。

「そうよ！　特別に私のことはクラリスって呼んでもいいわよ！　私もレイって呼ぶから！」

「おぉ！　それは嬉《うれ》しい提案だ。よろしく頼む、クラリス」

「ふふ～ん。よろしくされちゃうかな～。えへへ」

あどけない表情で笑う姿はどことなく、妹のステラを想起させた。

なるほど。ステラに似ているからどこかシンパシーめいたものを感じていたのか……。

そう納得して俺たち二人は会議室へと向かう。

どうやら話をしてみると、クラリスも俺と同じでクラスを代表して運営委員になったのだと言う。

「ゴクリ……」

「どうした、クラリス？」

「え……!? べ、別に？　知り合いがいないから緊張してるとかじゃないわよ？　違うんだからねっ！」

「？　そうか。まぁ入ろうではないか」

「あ、ちょ……！」

そのまま躊躇《ちゅうちょ》なく集合場所である会議室の扉を開けた。

すると室内にはすでに多くの生徒が揃《そろ》っていた。

中には見知った顔の人もいた。

環境調査部の部長とそれに園芸部のセラ先輩もいるようだった。

どうやら先輩達も俺に気付いたようで此方《こっち》を向いたタイミングで軽く会釈する。

「とりあえず席に着くか」

「う、うん……」

「さっきの威勢はどうしたんだ？」

「べ、別になんでもないわよ！」

忙《せわ》しなく周囲をキョロキョロと見ている。緊張しているのは、容易に理解できた。

「そうなのか？　とてもそうは思えないが」

「私がそう言ってるんだから、そうなのっ！」

「ふむ。まぁ、今回出会ったのも何かの縁だ。隣に座っても？」

そう提案すると、クラリスはまるで咲き誇る花のように、快活な笑顔をみせた。

だがすぐにプイッと逆方向を向いてしまう。

「ど、どうしてもって言うならいいけど？」

「そうだな。どうしても、だ」

「ならいいけど！　私の隣、光栄に思ってよねっ！」

語気が強くなるが、きっとこれもクラリスらしい言動なのだろう。まだ出会って時間は短いが、なんとなく彼女のことが分かってきたような気がする。

「そうだな。新しい学友と出会えたことはとても光栄だ」

「と……友達？　わ、私たち友達なの……？」

「すまない。いきなり距離を詰め過ぎただろうか。クラリスとは妙に会話が弾む気がしてな。勝手にそう思ってしまっていたが、不快だっただろうか？」

彼女は下を向いて、少しだけ震えている。

やはりまずいことを言ってしまったのだろうか。

そう俺が思っていると、バッと顔を上げる彼女。

「べ、別にいいけど……っ」

「ん？　すまない。声が小さくて、上手《うま》く聞き取れなかった」

「だからいいってば！　友達でっ！」

「そうか。それは良かった」

俺もまた、先ほどの彼女と同様に最大限の笑顔をクラリスに向ける。

すると、クラリスは再び下を向く。「やったっ！　初めての友達よ、やった……！」と聞こえた気がした。

だが、こんなにも魅力的で、コミュニケーション能力の高いクラリスに友人がいないはずはない。

このような調子で周囲の生徒も雑談をしているようだったが、教卓を軽く叩《たた》く音がすると先ほどまでの喧騒《けんそう》が嘘《うそ》だったかのように静まり返る。

「全員揃ったわね。今年の魔術剣士競技大会《マギクス・シュバリエ》のアーノルド魔術学院は私が取り仕切ります。一応自己紹介しておくけど、ディーナ＝セラ。三年よ。よろしくね」

これも縁なのか、どうやら運営委員を仕切るのはセラ先輩のようだ。

それはこちらとしてもありがたい。

あの一件以来、セラ先輩とはいい関係を築けている気がするからだ。

ついこの前も街に花苗を購入しに行く際に、二人で一緒に行ったのは記憶に新しい。

話は盛り上がったし、セラ先輩もよく笑っていたように思える。

「さて今回の運営委員はペアで動いてもらうわ。その方が何かとフォローし合えるしね。では各自自由に組んでいいわよ」

セラ先輩がそう言うと同時に、周囲の生徒たちは瞬く間にペアを作って行く。

ふむ。俺はどうしようか？

「あわわ。ああ……あわわ……」

ちらりと横を見ると、妙に慌てているというか、面食らっているクラリスがいた。

「クラリス。俺とはどうだろうか？」

「え⁉　い、いいの⁉　あんたって意外と知り合い多いというか、コミュ力妙にあるし。その……」

「いいに決まっているだろう。むしろ、俺からお願いしたい」

「そうよね！　なら、特別に許可してあげるわ！　感謝してよね！　本当は、私は大人気なんだからっ！」

「そうか。それでは最大の感謝を込めて、君とペアになることにしよう」

「ふ、ふん！　別に私は感謝なんかしていないんだからねっ！」

ということで、俺はクラリスとペアになり魔術剣士競技大会《マギクス・シュバリエ》の運営の仕事を務めることになるのだった。


数日後。

ついに、魔術剣士競技大会《マギクス・シュバリエ》の校内予選が開始されようとしている。

ルールは、実際の大会と同じで胸にある薔薇を散らすか、場外に落とすかというシンプルなものである。

参加者の生徒は七月上旬の午後の時間を全て使って、総当たりのリーグ戦を行う。その中でも上位六名が魔術剣士競技大会《マギクス・シュバリエ》の出場者となる。

そして俺たち運営委員もまた、午後の時間は校内予選の運営に当たることになっている。

しかし、今はただ試合の結果を記録するのみだ。

試合の審判は学院の教師がするので、まだ仕事はそれほどない。

一番の大仕事は魔術剣士競技大会《マギクス・シュバリエ》の時であると、セラ先輩には説明をしてもらった。

そして、一年生の俺たちは新人戦の担当である。

「ねぇレイ」

「ん？　どうかしたのか」

「あなたはなんで、運営委員に参加したの？」

演習場で準備をしている最中、クラリスがそんなことを尋ねてきた。

「アメリアは知っているか？」

「有名じゃない。三大貴族筆頭のローズ家長女、アメリア＝ローズでしょ？　一応、パーティーで話したことはあるわよ」

「彼女とは仲のいい友人でな。その力になりたいと思っての参加、といったところだ。あとは純粋に、運営委員という仕事に興味があった。こうした行事に参加するのは初めてでな。正直、心が躍っている」

「色々と突っ込みたいけど、あの噂は本当だったのね」

神妙な面持ちで、クラリスは言葉を続ける。

「噂？」

「ええ。アメリア＝ローズが貴族とじゃなくて、一般人《オーディナリー》のグループと仲良くしてるって」

「噂か。概《おおむ》ね正解だな。アメリアはどうにも貴族の体質を嫌っているらしい」

「どういうこと？」

「貴族は血統主義だろう？」

「まぁ、そうね。確かにその一面はあるかも」

うんうん、と頷《うなず》くクラリス。

話しながらも、二人で作業をする手は止めない。

といっても、今はただ演習場の周りなどを箒《ほうき》ではいたり、掃除をしているだけなのだが。

「それがどうにも嫌みたいだ」

「そうなんだ。けど、理解できない話じゃないわね」

「クラリスは違うのか？」

「ん？　まぁ血統も大事だとは思うけど、努力とか環境とか他にも要因があるじゃない？　うちのお父様は特に努力を重んじる、貴族の中でも珍しい人だから、自然と私もそう思うようになったわね」

クラリスは少しきついところもあるが、とても優しい人間だ。それはこうして話しているだけでよく分かる。俺の第一印象は意外と当たるからな。

「やはり、君の家は素晴らしいようだな。是非ともいつかはその父上ともお話をしてみたいものだ」

「……え！　うちに来たいの⁉」

顔を真っ赤にして、彼女はもじもじとしながら小声で何かを呟《つぶや》く。

「会ったばかりで、求婚の申し出⁉　でも私はその……レイとはまだ会ったばかりだしっ！」

そして、クラリスはこちらを向くと顔を少しだけ逸らしながら大きな声を上げる。

「ま、まだ早いわよ！　し、知り合ったばかりなんだからっ！」

「そうか？」

「えぇ！　こういうことは、もっと段階を踏んでからよ！」

「なるほど。理解した」

素直にそう返答すると、今度は訝《いぶか》しそうに俺のことを見つめてくる。

「意外となんか……イメージと違うのね」

「どういう意味だろうか」

クラリスのツインテールが、少しだけ垂れる。そして、真面目な声色で彼女は告げる。

「その一般人《オーディナリー》だけど、実戦は強くて、立ち振る舞いも大人っぽくて……とか色々言われてるけど。実際に話してみると、意外に普通な面もあるんだなって」

「なるほど。そう評価してもらえるのなら、嬉しい限りだが」

そういうとクラリスは急に顔を赤くして、俺をキッと睨《にら》みつけてくる。

「べ、別に勘違いしないでよねっ！　あ、あんたのことを好意的に思ってるとか……そんなんじゃ！　あ、でも別に嫌いってわけでも……って、あーっ！　もーっ！　とりあえず、勘違いしないことねっ！　クリーヴランドの女性は気高いからね！」

「あぁ。それはクラリスを見ればよく分かるとも」

「ふんっ！」

プイッとそっぽを向くが、俺はあることが気になっていた。別に尋ねても構わないだろうか……と少しだけ躊躇するも、思い切って聞いてみることにした。

「クラリスはどうして運営委員に参加を？　選手として参加しないのか？」

「それは、その」

「もしかして実戦は苦手なのか？」

「べ、別に苦手じゃないけど！」

「言いづらいことであれば、無理をすることはない。余計なことを言ったようで、すまなかった」

すぐに頭を下げる。どうやら、この手の話題は良くなかったらしい。

俺もまだまだ精進しなければならない。

そう思っていると、クラリスがあたふたしながら言葉を発するのだった。

「あ……！　べ、別に謝らなくてもいいけど……その、笑わない？」

「笑う？　そんな失礼なことをするわけがないだろう。どんな理由であれ、俺は真正面から受け止める所存だ」

「それならいいけど……」

と、胸に手を当てて深呼吸する。

そして意を決したのか、クラリスは俺の問いに対する答えを紡ぐ。

「運営委員になったのは、色々とあったからだけど。選手として参加しないのは、その……魔術剣士とかよりも、私は、将来ハンターになりたくて……！」

「ハンター？　環境調査に興味があるのか？」

「う、うん！　そうなの！　でも女性のハンターって少ないでしょ？　それに貴族の娘がやることじゃないって、一般的に言われているのも知っているし……」

「……」

その言葉を聞いて、俺は得心した。

金級《ゴールド》のハンター免許《ライセンス》を持っている俺からすれば、その実情はよく理解できる。確かにハンターの女性の人口は少ないだろう。

もちろん俺の師匠のような例外もいるが。

師匠は白金級《プラチナ》のハンター免許《ライセンス》を持っている。曰《いわ》く、暇だったから取ってみた……とのことだった。

でも、クラリスがハンターになりたいというのならば、俺は反対しない。

結局のところ、人間とは自分で決めたことにしか従えない。

他人がとやかく言っても、自分がそうと決めたのなら進むしかないのだ。

「クラリス」

「な、何よ？　あんたもバカにするの？　貴族の娘がハンターをするなんて、馬鹿らしいって……」

打って変わって、自信がなさそうな顔になるクラリス。

「馬鹿にする？　そんなわけがないだろう。俺は女性にして白金級《プラチナ》のハンター免許《ライセンス》を持っている人を知っている。それに俺は金級《ゴールド》のハンターであり、この学院の環境調査部の所属だ」

「え⁉　ほ、本当なの⁉」

かなり驚いているようで、手を止めてギョッとした顔で見つめてくる。

「あぁ。ハンターに関しては多少心得がある。だからこそ言うが、その夢を諦めたくないのなら、追い続けるのもまた選択肢だ。俺は決して否定はしない。そもそも俺は一般人《オーディナリー》出身だ。そんな道理は関係ないさ」

「実はね！　私、昆虫とかに興味があってっ！　小さい頃から虫取りとか好きで、その延長で、世界中の昆虫をこの目で見てみたいのっ！」

彼女の顔は晴れやかなものだった。

きっと今までこうして打ち明けることができる者がいなかったのだろう。

ならば俺が話を聞くだけでも楽になるのかもしれない。

友人の悩みが少しでも緩和されるのなら、俺も嬉しい限りだからな。

「昆虫か。俺も昔はジャングルに潜っていたことがあってな。色々と見たことがある」

「ジャングル！」

クラリスの声のトーンが、もう一段階あがる。

「それに俺の実家はドグマの森の近くだ。よく森に潜っては様々な生物と触れ合ったものだ」

「ドグマの森⁉　難易度が一番高い森じゃない！　レイってば、やっぱり只者《ただもの》じゃないのね！」

「そうだ、夏休みに二人でどこか近くの森に探検にでも行かないか？　別に虫取りでもいいが。実際のところ、夏休みは割と暇でな」

「ほ、本当に⁉」

キラキラと目を輝かせながら、クラリスは両手を胸の前でギュッと握る。

「あぁ」

「行く！　絶対に行く！　ど、どこの森に行く⁉」

「ここら辺ならば、カフカの森でいいのではないだろうか？」

「そうね！　あー、今から楽しみだわっ！」

その表情はとても晴れやかなものになっていた。話している間も興奮しているのか、彼女の愛らしいツインテールがぴょこぴょこと跳ねるように動いていた。

そんなクラリスを見て、俺は少しだけ心が温かくなるのを感じた。

そして、夏休みの予定を一つ確保したところで、さらに雑談を続けた。

しかし今の主な仕事は校内予選の運営である。そのことを忘れずに、今後ともしっかりと仕事に励んで行こう。

そして数時間後にはついに校内予選が幕を開けるのだった。

校内予選。

魔術剣士競技大会《マギクス・シュバリエ》の校内予選では、本戦がトーナメント戦であるのに対し、リーグ戦が採用されている。参加を登録した生徒全てと戦い、上位六名だけが魔術剣士競技大会《マギクス・シュバリエ》へと進める。

一年生は新人戦にしか出られないので、戦うのは同じ一年生だが……上級学年にいくとそれこそ、学年という枠はなくなる。

二年生から四年生までの中で、選抜される上位六人を決めるという過酷な戦いになる。

そのため試合日程も間がなく、体力面で脱落していく生徒もいるのだとか……。

そして俺とクラリスは早速、試合の様子を見ていた。

「この試合、どっちが勝つと思う？」

「名前は知らないが、女子生徒の方だろう。そもそもコードの構築速度と精度が段違いだ。相手の男子は剣で無理やり押そうとしているが、まだ拙い。総合力という観点から見れば、彼女に軍配が上がるな……っと、終わったようだな」

「ちょっと引くんだけど……」

ボソッとクラリスはそう言った。

「何がだ？」

「何がだ？　じゃないわよ！　試合が始まって数秒で勝ち負けまで見えるあんたが異常なの！」

「そうなのか？　しかし技量の差は歴然。それこそ、このレベルであれば五秒以内の攻防でおおよその結果は分かるものだが」

　現在は次々と行われる試合の記録を取っていた。

　審判はもちろん学院の教師がしてくれるので、俺たちは後ろの方に控えて、その結果を逐一紙に記入していた。

　毎試合ごとに、クラリスが「どっちが勝つと思う？」と聞いてくるので、俺の所感を交えた結果予測をその度に話しているのだが……どうやら、それが彼女には異常に思えるらしい。

　クラリスはハンター志望の学生だ。そこまで戦闘に特化した技術は必要ないため、別に分からなくてもいいのだが……。

　ハンターに必要なのは生存力だ。だからそれを磨けばいいと思う。しかしどうやらクラリスは色々と俺のことが気に入らないというか、文句があるらしい。

「ねぇ」

「どうした」

「本当に一般人《オーディナリー》なの？」

「それは間違いない。出身は貴族ではないし、家系に魔術師がいたという記録もないはずだ」

　最近はよく聞かれるのだが、クラリスにも素直にそう話す。俺の過去は色々とあったが、血の繋《つな》がった家族の中に魔術師がいたという記憶はない。

「あんたってほんと謎よね。色々と噂もあるのに、飄々《ひょうひょう》としているみたいだし」

「そうか？　俺としては、普通にこの学生生活を謳歌しているだけだが」

「うん、知ってた。レイのことだから、別に噂とか気にしてないって。なんか、あんたのことが分かってきたわ」

「お。それよりも、来たぞ。大本命だ」

「アメリア＝ローズね」

次の試合はアメリアだった。

紅蓮《ぐれん》の髪を靡《なび》かせ、その灼《や》けるような双眸には確かな意志が宿っていた。

しかし、この試合。

すでに勝利はアメリアのものだろう。

それは彼女の前に立つ男子生徒の姿を見れば分かった。

完全に萎縮している。

アメリア＝ローズという少女の生い立ちを知らない者はいないとの話を、クラリスに聞いた。

俺は詳しく知らないが、幼い頃から魔術師としての才能を発揮し、七大魔術師候補とも評されている彼女は、破格の存在と言ってもいいだろう。

むしろ、新人戦に出ることがおかしい……という声を聞くほどだ。

実際に本戦に出場するべきだ、という声もあるらしい。

「あ、終わったわね。流石にこれは私でも分かったわ」

「十秒以内か。流石はアメリアだが――」

「どうしたの？　何かあった？」

「いや……」

敢《あ》えてクラリスの前では言及しなかった。

この試合はアメリアが速攻で勝利。

しかし、その瞳は凍りつくような……それこそ、深淵《しんえん》を覗《のぞ》いているかの如き様相だった。

勝利など当たり前。そう思っているわけでもなく、ただ淡々と作業をこなしているようだな。

そこに彼女の意志は介在していないような印象を俺は抱いた。


しばらくすると、学内は魔術剣士競技大会《マギクス・シュバリエ》の話題で持ちきりになった。

一年生の新人戦、それに二年生以上の本戦。

その校内予選が始まり、皆がそれぞれ誰が上がるのかと予想をしている様子だった。

中には賭け事をしている人もいるほどに、この学院内は活気に溢《あふ》れていた。

流石にこれには俺も少しだけ面食らってしまう。

だが、悪くない気分だった。

行事の雰囲気に当てられ、俺は改めて学生生活を謳歌しているように思えたからだ。

そして、食事をトレーに置いて移動していると……ちょうど偶然にもクラリスと出会う。

「あ！　レイじゃない！　奇遇ねっ！　あ〜、本当に偶然ね〜っ！」

「クラリスか。食堂で会うのは初めてだな」

「そ、そうね。それで……べ、別に一緒に食べてあげてもいいけどっ！　他に友達がいないわけじゃないからね！　特別よ、特別っ！」

「なるほど」

「ど、どうかしたの？」

そういう彼女の表情はどこか不安そうなものだった。

「いつも昼食は友人たちと取っているからな。今も席を取って待ってもらっている」

視線だけでその場所を示すと、すでにエヴィ、アメリア、エリサが食事を取っていた。

「あ……そうなんだ。じゃ、私は他のとこ行くね……」

人間の感情の機微には疎いと自覚している俺にも分かる。

クラリスはがっかりしているように見える。シュンと頭を下げて、トレーを持ったまま一人で空いている席に向かっているようだ。

いつもぴょこぴょこと動いているツインテールも、元気がなくなって萎《しお》れている。

が、ここで彼女を一人にするわけにはいかない。

何故《なぜ》ならば、クラリスもまた、俺にとってかけがえのない大切な友人だからだ。

彼女の腕を軽く摑むことで、引き止める。

「え？　なに？」

「一緒にどうだろうか。みんなには俺から紹介しよう。クラスは違うが、君は大切な友人だ」

「……いいの？　私、邪魔じゃない？」

不安そうに見上げてくるクラリスの瞳は、少しだけ揺れていた。

「そんなわけがないだろう。それに全員素晴らしい友人だ。きっとクラリスを受け入れてくれると思う」

「そ、それじゃあ――」

クラリスは黙って俺の後についてくる。

その足取りは、少しだけ重そうである。

「おー、遅いじゃねぇかレイ……って、後ろにいるのは？」

「あぁ。紹介しよう」

エヴィ、アメリア、エリサの視線がクラリスに集まる。

そしてクラリスは少しだけ震えながらその口を開いた。

「ク、クラリス＝クリーヴランドよ‼　レイとは魔術剣士競技大会《マギクス・シュバリエ》の運営委員で一緒になって！　それでその……レイのお友達よっ！」


胸を張りながら自己紹介をするクラリスに続いて、全員がそれぞれ挨拶をしていく。

「なるほど。初めましてだな。俺はエヴィ＝アームストロング。エヴィでいいぜ？」

「次は私ね。何度かパーティーで会ったことがあると思うけど、アメリア＝ローズよ。私もアメリアでいいわ」

「えっと……エリサ＝グリフィスです。ハーフエルフです。私もエリサでいいよ」

そうして近くにある椅子を持ってくると、五人で一つのテーブルを囲む。

「あ……そのっ！　私もクラリスでいいわ！　よろしくね、みんなっ！」

そうして自己紹介が終わり、俺たちは昼食を取り始める。すると、アメリアがクラリスに質問を投げかける。

「クラリスはレイと運営委員で一緒なのよね？」

「う、うん。その今回の運営委員はペアを組むことになって、それでレイと一緒になったの」

「あぁ。それで昨日は一緒にいたのね」

「見えてたの？」

「チラッと視界の端にね」

「や、やっぱり三大貴族しゅごい……」

と、クラリスはプルプルと震え始める。

一瞬だけ視線はこっちに来ていたしな。それで気がついたのだろう。

「で、クラリス。レイとはどうだ？　仲良くやれているのか？」

次にそう声を上げるのはエヴィだった。

「レイって、変わってるわよね」

クラリスは一呼吸おいてから、そう言った。

「あぁー。それは俺も分かるぜ」

「確かに。私も分かるわ」

「……それは、そうだよ……ね」

普通に全員肯定しているようだった。

境遇は特殊だが、ある程度の常識を兼ね備えた人間だと思っているのだが……どうやら他の人の認識と自分の認識は大きく乖離《かいり》しているようだった。

その後、しばらく談笑する。気まずい雰囲気になることもなく、クラリスは自然と俺たちの中に溶け込んだ。

「クラリス」

「どうしたの、レイ？」

「みんないいやつだろう？」

「う、うんっ！　だ、だけど勘違いしないでよねっ！　べ、別にあんたのことを評価し直したとか、優しくてかっこいいとか、思ってないんだからねっ！」

人差し指をビシッとこちらに向けてくる。もう慣れてしまったが、彼女なりのコミュニケーションの取り方なのだろう。それはどこか微笑ましく思える。

「あぁ。分かっているとも」

「で、でもっ！」

「どうした？」

「あ、ありがとうっ！　それにみんなも、これからよろしくねっ‼」

そう笑うクラリスの笑顔は、今まで見てきた彼女の表情の中でも一番魅力的なものだった。それこそ、俺の好きな花々に引けを取らないぐらいに、とても可愛《かわい》らしくて、美しいものだった。

そして俺たちは、このささやかな午後を過ごす。

新しい友人と共に――。


「クラリス。早いな」

「まあね」

今日も校内予選の仕事があるので、午後からはこうして演習場に来ている俺たちだが、どうやらクラリスはかなり早くに来ているようだった。

というのも、俺も早めに来たのだが、彼女はすでにそこにいたからだ。

そして、クラリスはしゃがんで地面を見つめていた。

「何を見ているんだ？」

「ダンゴムシよ」

「ダンゴムシ？　どうしてまた」

「ダンゴムシの習性って知ってる？」

チラッとこちらを見ながら、そう尋ねてくるが……俺はダンゴムシの習性までは把握していない。

「いや、知らないな。クラリスは知っているのか？」

「交替性転向反応《こうたいせいてんこうはんのう》っていうのよ」

「交替性転向反応？」

「ええ」

そして、金色の綺麗なツインテールを靡かせながら、彼女は得意げに話を続ける。

「例えば、右に曲がるとするでしょう。そしたら次は左に。その次は右に。交互に曲がる習性があるのよ。これはダンゴムシだけじゃなくて、別の虫でもあることなの」

「なるほど。それは不思議だな」

小さく丸まるようにしてしゃがんでいるクラリスの隣に、同じようにしゃがむ。

その瞬間。わずかにだが、彼女のツインテールからふわっと花のような香りがした。

そして、じっと見つめているダンゴムシを俺もまた視界に捉える。

クラリスの言ったようにダンゴムシは交互に進行方向を変える。

「おぉ！　本当だな！　すごいな！」

「やっぱレイって、不思議な人ね」

「どうしてそう思う？」

「上流貴族の令嬢が、虫が好きなんて変でしょう？　みんなは犬とか猫とか、可愛い動物の話ばかりするけど、私は昔からこうなの」

「それも個性だろう。それに、俺も虫は好きだ。ジャングルでは色々な昆虫を見てきたが、とても興味深い生態をしている」

その話をすると、クラリスは目をキラキラと輝かせる。

「その話、詳しく！」

そして、軍人時代の話を彼女にすることにした。もちろん、俺が元軍人だということは伏せて、ジャングルで見てきた昆虫のことを話した。

昆虫もまた、魔術の影響を受けるのか、ジャングルの中では珍しい昆虫も数多く目撃してきた。もちろん、全てのジャングルがそうではないのだが、特定の場所では第一質料《プリママテリア》が蓄積しているところもある。そのような場所では、変化した生物が多いのだ。

それは巨大なものから、色が真っ白なものや、ツノが不自然な形になっているものまで多種多様。

その過去の経験を話すと、クラリスはとても興奮しているようで、ツインテールをぴょんぴょんと小刻みに揺らす。

「すごい！　すごい！　レイってば、すごい経験をしているのねっ！」

「今度クラリスも一緒に探索できたら良《い》いな」

「そうね！　まずはカフカの森に行くからねっ！　今からしっかりと準備をしておかないとっ！」

そこからさらに会話は弾んでいき、気がつけば試合の時間が近づいていた。

「あ。もうこんな時間なのね」

「あっという間だったな」

「そうね～。楽しい時間はあっという間よね」

そう言うと、急にクラリスは顔を真っ赤に染める。そして、俺のことをじっと見上げると、人差し指を立てて俺の胸にトントンと当ててくる。

「か、勘違いしないでよねっ！　べ、別にそこまで楽しいってわけじゃないんだから！」

「そうか？　俺はクラリスと昆虫の話ができて、とても楽しかったが」

素直に思ったことを口にすると、クラリスのツインテールがさらに忙しなく動く。

「べ、別に楽しくないわけじゃっ！　あーもー！　レイってば、本当に変なやつなんだからっ！　普通は昆虫の話で盛り上がったりはしないわよっ！」

逆ギレ気味に怒鳴るが、それはおそらく照れ隠しなのかもしれない。クラリスはきっと、今までこのような話を誰にもすることができなかったのだろう。

それが、今こうして俺とできている。

その気持ちは理解できるものだった。俺もまた、今までは自分のことを話す機会などなかった。しかし、一度話してしまえば気持ちが楽になる。

それにクラリスの場合は、ずっと誰かとこのように話したかったのが窺《うかが》えた。それは、会話をしている最中の笑顔がとても綺麗だったから。

本当に、心から昆虫が好きなのだろうと理解できた。

貴族には、貴族なりの悩みがある。それも上流貴族である彼女には、色々とままならないことがあるのだろう。

ならば、俺がその話を聞いて少しでも気が楽になれば良いと思っている。

「クラリス」

「な、何よっ！」

顔を赤く染めたまま、チラッとこちらの様子を窺うようにして見てくる。

「また一緒に話をしよう。昆虫の話も、そのほかの話も。クラリスと話すのは、とても楽しいからな」

すると、いつものようにツインテールを揺らしながら彼女はこう言った。

「し、仕方ないわねっ！　レイがそこまでいうなら、付き合ってあげるわよっ！」

「あぁ。よろしく頼む」

軽く笑みを浮かべる。

言葉ではそう言っているが、緩む顔が彼女の心情を如実に物語っていた。

本当に素直じゃない。しかし、とても良い人であると……そう思った。

第二章　力を求めて

一週間が経過した。

あれから校内予選はスムーズに進行していき、すでに魔術剣士競技大会《マギクス・シュバリエ》への参加が確定になった生徒も出始めてきた。

その中にはもちろんアメリアもいた。

今のところ、全戦全勝。

試合時間は一分にも満たないものがほとんど。

唯一、アルバートとの戦いは五分程度かかっていたが、それでも勝利を悠然ともぎ取った。

残りの試合は出場しなくとも、アメリアの魔術剣士競技大会《マギクス・シュバリエ》への出場は確定。

だが、やはり俺には懸念があった。

アメリアは焦っている、のかもしれない。

焦燥感。

いや、別の何かかもしれないが、それを感じながら彼女は戦っている。

自分の強さとは何なのか、一体どうすればもっと強くなれるのか。そんな疑問を抱きながら戦っているように思えた。

　ならば友人としてできることが、俺にはある。

　余計なお世話かもしれないが、話だけはしてみることに決めた俺は、アメリアを待ち構えていた。

「レイ、どうしたの？　そんなところで」

　アメリアは今回の試合もいつも通り勝利して、すぐに引き上げようとしていた。

　そんな彼女を俺は待合室に通じる通路の前で待ち構えていた。

　腕を組み、壁にもたれかかるようにして横目でアメリアを見つめる。

「おめでとう。今回も勝ったようだな」

「ええ。もう魔術剣士競技大会《マギクス・シュバリエ》への参加も決まっているけど、手を抜くことはできないわ」

「しかし、手応えがない。焦っている。自分はこのままでもいいのか、この道が正解なのか。そう思っていないか？」

「――ッ」

　息を呑《の》む。

　その様子だけで、俺の指摘がおおよそ当たっていることは間違いなかった。

「強くなりたいのか？」

　そう言葉を告げる。

　すると、目の前に現れたのはいつものアメリアではなかった。

　彼女は俺と同様に何かを心の内に秘めている。

それは容易に理解できた。そして、何かを求めているのだと……そう思った。

「魔術剣士競技大会《マギクス・シュバリエ》での新人戦。きっと三大貴族のオルグレン家の長女が出てくるの。そして彼女は私よりも、強い」

「なるほど。だから焦っていたのか」

「……ええ」

鋭い視線。

それは俺でなければ恐怖心を抱いてしまうほどに。

いつものような表情ではない。

そしてその答えが彼女の内心の全てではないことも、なんとなく理解できた。

アメリア＝ローズとは三大貴族筆頭のローズ家の長女であり、高潔な存在である。

そう評されているらしいが、きっと俺たちはまだ知らない。

彼女の心の奥底に、何が秘められているのか。

でもそれは、彼女が話してくれるまで待つつもりだ。

無理矢理こじ開けるものではない。

そしてだからこそ、俺は強さに関してならば力になることができる。

「魔術剣士競技大会《マギクス・シュバリエ》の新人戦まで残り一ヵ月を切っているが……俺がコーチをしてもいい」

「いいの？　だってあなたは——」

「いいさ。別に指導するだけなら、能力の解放は必要ない。それに師匠からこれも預かっている」

「それは？」

「エインズワース式ブートキャンプのメニューだ。俺はこれによって、今の能力の基盤を築いた」

「あなたの原点、ってこと？」

冷たい声音で、アメリアは淡々と尋ねてくる。しかしそれは、興味がある……という意味合いもこもっていた。

「そうだ」

「それを教えてくれるの？」

「あぁ。しかし、これは修羅の道だ。大人の中でも、あの屈強な軍人達ですら逃げ出すような過酷な訓練だ」

「でもレイは乗り越えたんでしょう？」

「俺はすでにこれを幼い頃に修了している」

「やるわ」

躊躇《ちゅうちょ》なく、アメリアはそう答えた。

それは彼女なりの覚悟の表れなのだろうか。

それとも――。

「ほう。いい心意気だ。ならば、付いてくるがいいアメリア。ここから先は修羅の道。だが、それを乗り越えれば君はきっと強くなれる。今よりもっと、な」

「分かったわ」

アメリアの雰囲気は変わらず張り詰めたものだった。

でも彼女には何か強い渇望があるのだけは理解できた。

ならば、俺は力になろうではないか。

友人が困っているのなら助ける。

それはきっと、当たり前のことなのだから。

◇

魔術剣士競技大会《マギクス・シュバリエ》への出場を決めたその日のうちに、私はお父様に呼び出された。

「アメリア。お前は優秀だ。今回の魔術剣士競技大会《マギクス・シュバリエ》、期待しているぞ」

「はい。お父様」

父の書斎で、私は魔術剣士競技大会《マギクス・シュバリエ》の出場が決定したことを報告した。

でも、褒められることなどなかった。ただそれは当たり前だろうと言わんばかりに、父は淡々と告げる。

「オルグレン家のアリアーヌ嬢には、負け越しが多かったようだが？」

「今回の魔術剣士競技大会《マギクス・シュバリエ》で、今度こそ打ち勝ってみせます」

「その意気だ。決して負けるな。お前は三大貴族筆頭ローズ家の長女。それを自覚しろ」

「……はい、お父様」

アリアーヌ＝オルグレン。

三大貴族が一つ、オルグレン家の長女。

彼女もまた、私と同様に三大貴族の重圧《プレッシャー》を背負っている。

でも、決定的に違うことがある。アリアーヌはそれを誇りと思っており、自分の力に変えている。

傍若無人。

そう評することもできるが、私には彼女が空を自由に飛び回る鳥のように思えた。

そうして私は、彼女との在りし日を思い出す。


「アメリア、行きますわよっ！」

「ま、待ってよーっ！」

三大貴族長女。それは私、アリアーヌ、レベッカ先輩の三人。特にアリアーヌとは同い年ということで、とても仲が良かった。

三大貴族は互いに仲が良《い》いというわけではない。もちろん悪くもないのだが、ある程度の距離感があるのは間違いなかった。そんな私たちではあるが、幼い頃は大人の事情なども気にせずにパーティーでの出会いを機によく遊ぶようになった。

それがちょうど四歳くらいの事だ。

そして気がつけば一緒にいるようになり、二人で夜まで遊び回るのはいつものことだった。近くの公園で二人でよく駆け回っていたのは本当に懐かしい思い出だ。

私はアリアーヌのことが大好きだった。

くるくると巻かれている綺麗《きれい》な髪の毛に、それにいつも元気に満ちている美しい顔。彼女は私に色々な世界を教えてくれた。活発なアリアーヌは、私のことを引っ張って色々なところへ連れて行ってくれた。

「アメリア。これはカブトムシですわよっ！」

「つ、角が大きいね！」

夏。二人で私たちは近くの小さな森にやってきていた。

そこで虫取りをしたいと彼女が言うので、一緒に遊んでいる最中だった。

「次は泳ぎますわよっ！」

「う、うんっ！」

そして、近くの川で水着に着替えて二人でたくさん遊んだ。その日はとても疲れたので、帰り道に歩くのが大変だったけど、二人で仲良く手を繋《つな》いで帰った。

アリアーヌが大好きだった。本当に、本当に心から大好きだった。

「アメリア、どうかしましたの？」

ちょっとだけぼーっとしていると、顔を覗《のぞ》き込んでくる。

「その、ね。いつも一緒に遊んでくれてありがとう」

黄昏《たそがれ》の光に包まれながら、私は思っていることを口にしてみた。今日だけではない。私にいつもこんな楽しさを与えてくれるのは、アリアーヌなのだから。

「わたくしこそ、いつもアメリアには感謝していますのよ？」

「そうなの？」

幼いながらにも、アリアーヌがそんなことを考えているとは思ってもみなかった。その時はきっと、初めてお互いの心情を吐露した瞬間なのだと思う。

「ええ。本当は連れ回してばっかりなので、ちょっとアメリアに嫌がられてはいないか……と少し心配な時もありますの」

頬を掻《か》きながら、アリアーヌはそう口にした。少し照れているみたいだった。

「そんなことないよっ！」

それを大きな声で否定する。

私はこの時から、周りに対して違和感を持っていた。

貴族である自分が特別なのは分かっている。

でも、特別扱いされ続けることで自分のことが分からなくなりそうだった。

そんな中で、アリアーヌだけは私と真正面から向き合ってくれる。

対等な存在として、扱ってくれる。そのことが私は何よりも嬉《うれ》しかった。

「私はその……アリアーヌがいなかったら、ずっとお家《うち》にいたと思うの。でもね。アリアーヌが外に連れ出してくれて、とても楽しいよっ！　だからその、ありがとうっ！」

「アメリア！」

「うわっ！」

ギュッと思い切り抱きついてくる。それをなんとか受け止めると、彼女はニコリと微笑《ほほえ》みかけてくる。

「アメリア。わたくし達は、ずっとお友達ですわよ？」

「うんっ！」

「きっとわたくし達は、親友なのですわ！」

「親友？」

当時はまだその言葉の意味をよく理解していなかったので、尋ね返した。

「えぇ！　とっても仲の良いお友達は、親友と言うのですわっ！」

「それなら、私たちは親友だね！」

「もちろんですわっ！」

そして再びギュッと手を握りしめると、帰路に就く。

この瞬間は永遠のように感じられた。私とアリアーヌはきっと、ずっと親友のままなの

だと。

この時は、そう思っていた——。


そして私は初等部と中等部を経てアーノルド魔術学院に入学し、レイと出会うことになった。

「レイ、どうしたの？　そんなところで」

試合が終わった矢先、通路を歩いて寮に戻ろうとしていると、そこには彼がいた。

レイ＝ホワイト。

一般人《オーディナリー》出身であり、学内では枯れた魔術師《ウィザード》と蔑称で呼ばれているも……本人はそんなことは全く気にしていない。

少しだけ青みがかった黒髪に、端正な顔立ち。

精悍《せいかん》な顔つきは、女子生徒の間でも実は人気がある。

初めは一般人《オーディナリー》ということで敬遠されていたが、彼の性格とそれに実戦に強い魔術師ということで、徐々に彼は認められつつあった。

周りが持っているのは、一般人《オーディナリー》にしては良い魔術師であるという認識だ。

でも、彼はただの一般人《オーディナリー》ではなかった。

レイこそが、七大魔術師の中でも最強と謳《うた》われている——【冰剣の魔術師】だった。

その実力ははっきりとこの目で見た。

自由自在に操る氷剣に、魔術を完全に無効化するあり得ない魔術を有する、規格外の魔術師。

その強さは、最強と謳われているのも納得できる……いや、彼以上に強い魔術師などいないと思ってしまうほど、圧倒的だった。

「おめでとう。今回も勝ったようだな」

「ええ。もう魔術剣士競技大会《マギクス・シュバリエ》への参加も決まっているけど、手を抜くことはできないわ」

「しかし、手応えがない。焦っている。自分はこのままでもいいのか、この道が正解なのか。そう思っていないか？」

「――ッ」

全てを見抜いているみたいではないけど、概《おおむ》ね正解だった。

私は焦っている。魔術剣士競技大会《マギクス・シュバリエ》で本当に勝つことができるのか。あの、アリアーヌ＝オルグレンに勝利することができるのか。

ただただそれが不安で、不安で、たまらなかった。

だから試合ではそれを隠すようにして、戦い続けたが……脱帽だ。

レイにはそんな私の動揺が簡単に見て取れたのだろう。

「強くなりたいのか？」

その言葉を聞いて、少しだけ迷ったが、私はレイの提案を受け入れるのだった。

「さて、アメリア」

「何をするの？」

翌日。

早速、レイとの訓練が始まることになった。

しかし、演習場に行くと思いきや、私たちはなぜか校門に立っていた。

それになぜかレイは、カーキ色をしたやけにポケットの多い服を身につけていた。

もしかすると、軍での訓練用の服装なのかも。

それに首からはホイッスルも下げている。さらには、隣にはバックパックまで置いてある。

一体何をするつもりなのかしら……？

「君にはエインズワース式ブートキャンプを行ってもらう。だがこれはあまりにも過酷だ。言ったと思うが、軍人でさえもこれを前にしてはただの無力な人間と化してしまう。それでもやるか？」

「ええ。やるわ」

迷いはなかった。

ただ私は、立ち止まりたくはなかった。

それにレイについていけば、何か変わるかもしれない。そんな予感もあった。

「アメリア。ここから先は、俺は教官だ。そして君は訓練兵になる。返事はレンジャーだ。いいな？」

「え？　それってどういう……？」

私が言葉を最後まで言い切る前に、レイは大きな声を上げる。それは、いつもの彼とはかけ離れたものだった。


「返事はレンジャーと言っただろうッ！　アメリア訓練兵ッ！」


「——っ⁉」

雰囲気がガラリと変わった。

その顔つきは本当に軍人のように鋭く、普段の彼とは大違いだった。

え？　え？

一体何が起こっているの？

と思うも、彼は容赦なく言葉を浴びせてくる。

「返事はどうしたッ！」

「よし。では、まずは外周を回りカフカの森へと入っていき、ここに戻ってくる。軽く二十キロほどのランニングになるだろうが、身体強化は使うなよ？　分かったか、アメリア訓練兵」

「れ、レンジャーッ！」

「し、身体強化なしで二十キロもっ⁉」

「返事はレンジャーだと言っているだろうッ！」

「れ、レンジャーッ！」

ということで訳の分からぬまま、私は彼と共に学院を飛び出して行くのだった。


「ね、ねぇ……これって意味があるの……はぁ……はぁ……」

訓練も終わって、雰囲気が柔らかくなったレイに尋ねてみることにした。

今のレイなら、あんまり怖くないし。

「いいか。魔術剣士による戦闘はやはり基本的な身体技能がベースになっている。多くの魔術師は、身体強化などの魔術に頼ろうとするが、やはり最後に重要になってくるのが肉体の鍛え方だ。あまり根性論的なモノは言いたくないが、気持ち的な面でも全身を鍛えることは重要だ。どれだけ強い思いがあろうとも、体がついてこないと意味がないからな。俺も初めに師匠にそこは徹底された」

「そ、そういうことね……」

確かに肉体の強化という観点は今の学院、それに貴族の間では広まっていない。

それはやはり、魔術というものに主眼を置いているからだろう。

でも彼は違う。実際に軍人として戦場に立ち、戦ってきた人間。

だからこそ、こと戦闘においてはスペシャリストだ。間違いなく、その経験が今の私への教えにつながっているのだろう。

「さて、アメリア。今日は軽いメニューだったが、明日から本格的にやるぞ？」

「え……⁉　これで軽いメニュー⁉」

「返事はレンジャーだと言っただろうッ！」

「れ、レンジャーッ！」

私、もしかしたら死ぬかも……主に筋肉痛で……。

こうして、過酷な日々が始まるのだった。

◇

アメリアとの訓練を始めた翌日の早朝。

俺は彼女の部屋へと向かっていた。

アメリアに重要な話があるということで、早朝だが寮母の方に通してもらった。

それと確認したのだが、アメリアは一人部屋らしい。それは今回ばかりは、ちょうどよかった。


「アメリア訓練兵ッ！　起床時間だッ！　一分以内に支度を整えろッ！」


ドアの前でピィイイイイイッ、と笛を鳴らしてさらには左手に持っているフライパンの底を右手で持っているおたまでカンカンカンッ！　と鳴らし続ける。

この金属音とホイッスルの音、実はかなり効く。

実際にエインズワース式ブートキャンプに取り組んでいる時は、この音が皆のトラウマになる程だった。もちろん俺もその一人。

だがしばらくすると、人間とは不思議なもので反射的に起きることができるようになるのだ。

小さなクマのぬいぐるみを抱え、至る所に星がちりばめられた可愛《かわい》いパジャマを着ているアメリアが、目をこすりながら出てきた。

「う、ううん。まだ五時前だけど……」

「何を寝ぼけているッ！　返事はレンジャーだと言っただろうッ！」

「え……？　えっとその、え……？」

頭にあるナイトキャップもパジャマとお揃《そろ》いだった。

いつもならば、その愛らしさを褒めるのが礼儀だろう。

『アメリア。そのクマのぬいぐるみは可愛いな。それにそのパジャマもとてもキュートだ。特にナイトキャップがいいな』

と、言いたい気持ちはある。

だが俺は教官であり、アメリアは訓練兵なのだ。

強さを求めるとはそういうことなのだ。

過酷な訓練に身を捧《ささ》げ、自分自身と向き合う必要がある。

そのため俺は……大切な友人だからこそ、非情になる必要があった。

「何をしているッ！　ハリーアップッ！」

「――ッ！　れ、レンジャーッ！」

状況を理解したのか、アメリアはすぐに自室に戻るとドタバタと着替えを始める。そして約三分後。

アメリアは室内から、慌てて出てくる。

「遅刻だな」

「だ、だって。早朝からやるとは聞いてなかったし……」

「言い訳をするな！　返事はレンジャーだと言っただろうッ！」

「れ、レンジャーッ！」

条件反射になってきたのか、すぐにビシッと敬礼をする。

「さて、と。早朝は軽く二十キロ走るだけにしよう。大丈夫だ。俺がペースメーカーとして並走する。では、行くぞッ！」

「れ、れんじゃー……」

「覇気が足りんッ！」

「レンジャーッ！」

ということで、今日も今日とて俺たちは訓練を続けるのだった。


それから寮に戻って来た俺は、女子寮の寮長であるセラ先輩に捕まってしまい、そのまま相談室に連れ込まれてしまった。

それにしても、セラ先輩は色々と掛け持ちしているのだなと感心していると、ドンッと机を叩《たた》いて問い詰めてくる。

「で、どゆこと？　あの奇行は？」

「奇行、ですか？」

「そうよ。寮母さんに許可は取ったらしいけど、早朝から金属音とホイッスル鳴らすし……大事件よっ！」

「む。確かに周りへの配慮が足りませんでしたね。本日の夜にでも、女子寮の全ての生徒に謝罪をして回ろうかと思います」

「その誠実な態度はいいけど、今後はやめなさい。アレ」

「エインズワース式起床法を、ですか？」

正式名称を述べると、セラ先輩はさらに声を上げる。

「名称はどうでもいいのよ！　とりあえず、女子寮に入るのをやめなさい!!　一応、暗黙の了解でダメなんだからっ！」

「そうですね。こればかりは自分の配慮が足りなかったようです。申し訳ございませんでした」

深々と頭を下げる。

どうも師匠の真似《まね》をしようと思って、少し暴走してしまったようだ。

ここは軍ではなく、学生が生活をする魔術学院なのだ。

配慮が足りなかったのは、俺の失態だろう。

「別に分かればいいのよ」

「はい。今後は別のアプローチにて、アメリアに対処いたします」

「ふーん。面倒みてあげてるのね。あんたが三大貴族のコーチをしているのは、色々と不思議だけど……」

じっと半眼で見つめてくるので、俺は簡単に概略を話す。

「そうですね。強さが欲しいと言っていたので」

「ま、魔術剣士競技大会《マギクス・シュバリエ》は特別だしね。それと、今度の休日だけど……新しい花でも買いに行かない？」

「む。休日ですか……」

セラ先輩とは休日に出かける仲になった。意外と話も合うし、色々とお世話になっているが……今の俺は教官なのだ。

ここはアメリア訓練兵に集中すべきだろう。

「申し訳ありません。魔術剣士競技大会《マギクス・シュバリエ》終了までは色々と立て込んでいて」

「あんたも運営委員だし、忙しいわよね」

「しかし夏休みでしたら、時間は十分にあります。その時でいかがでしょうか？」

「ふん。ま、その時でいいわよ。でも時間は空けときなさいよ？　園芸部の初の男子部員なんだから、色々と勉強してもらうわよ」

「了解しました」

最後に再びお辞儀をして、俺はセラ先輩と別れた。

これで夏休みはクラリスと虫取りに行くのと、セラ先輩と花を買いに行く予定ができた。

これはなかなか、充実した休みになりそうだ。

「……あれは？」

その日の昼休み。

今日はちょうどみんな用事があるということで学食に集まることはなかった。

アメリア訓練兵は逃亡を図っているので――午前の授業終了時に、俺をチラ見しながら出て行った――あとで確保する予定だ。

そんな俺は購買で昼食を買って、たまには屋上で食事をするか……と思って来たのだが、ちょうどそこには……アルバートが一人で空を見つめるようにして立っていた。

「……」

別に無視することもないだろう。彼としては思うところがあるかもしれないが、俺は思い切って話しかけてみることにした。

「やあ。アルバート。いい天気だな。今日は雲ひとつない晴天だ」

「……レイか」

「一人なのか？　いつもは友人といるようだったが……」

「たまには一人になりたい時もあるさ」

「そうか。それもそうだな」

彼の隣に立つと、俺は自分の食事を始める。

しばらくすると、彼が話しかけてきた。

「なぁ、レイは出ないのか？」

「魔術剣士競技大会《マギクス・シュバリエ》にか？」

「あぁ。お前なら……」

「話したと思うが、俺は無理だな。魔術領域暴走《オーバーヒート》が、な」

「そうだったな。なぁ、お前でも世界の果てにはたどり着いていないのか？　魔術の真理には……」

「そうだな。まだまだ俺は途上だ。そしてそれは他の七大魔術師も同じだろう。魔術師の頂点であっても、魔術を完全に把握し、理解しているわけではないさ。あくまで人間という枠での話に過ぎない」

「なぁ、俺はどうしたらいいんだ？　今まではこの貴族の血統こそが全てだった。でも、実際はそうじゃなかった。俺はただ、貴族という狭い世界で驕《おご》っていた。愚か者だった……」

　そんなことを思っていたのか。

　彼が何かを考えながら、校内予選を戦っているのは知っていた。今までのように驕るのではなく、ただ堅実に前に進もうという気概が見て取れた。だからアメリアとの試合でも健闘できたのだろう。

　だが、アルバートはまだ迷っている。

　だから俺は、自分の思っていることを伝える。

「アルバート。君は強くなる。今よりもっと。その事実を認識して、自分自身と向き合えばもっと先に行ける」

「本当にそうだろうか？」

「あぁ。俺が保証する。魔術剣士競技大会《マギクス・シュバリエ》も出場が確定しただろう？　君なら行けるさ」

「そうか。また一から進むしかないようだな」

「そうだ。この学院は何度だってやり直せる場だ」

「……そうか。いや、お前はそういうやつなんだな」

まだ完全に前を向いているわけではない。

その心には迷いが生じている。

でもきっと、彼もまた俺と同じように苦しみながら、踠《もが》きながら、前に進み続けるのだろう。

そして俺はこの晴天を見上げながら、この時間を彼と共に過ごす。

しかし俺にはまだやることがある。ということで、手早く昼食をすませると早速アメリアの確保に出かけるのだった。

「ふむ……」

アメリアの痕跡を辿《たど》ろうにも、この煩雑とした学内をしらみつぶしに探すのは非効率極まりない。

だからこそ俺は、少しだけある能力を解放する。

記憶しているアメリアの第一質料《プリママテリア》を追いかけると、ちょうど校舎の一番奥にある空き教室にたどり着いた。

ガラッと扉を開けると、ひっそりと奥で昼食をとっているアメリアを発見。

「ど、どうしてここに⁉　いくら何でも早過ぎないっ⁉」

慌てているその様子からして、逃亡した後ろめたさはあるようだった。

「少し能力を使った」

「え……⁉　そこまでするの⁉」

「逃亡した訓練兵を確保するのも、教官の務めだ」

「あ……ははは……いや、逃げる気は無かったのよ？　ただちょっと一人でご飯食べたいな～、なんて」

言い訳をするが、それを受け入れることはない。俺は教官なのだ。心苦しいが、厳しく接する必要があるだろう。

「返事はレンジャーだッ！　さて、今日は逃亡した分のペナルティも追加だ。明日も筋肉痛になるが、頑張ってくれ」

「い、いやだあああッ！　う、うわあああんッ！」

アメリアは教室の後ろの扉から逃げようとするので、すぐに距離を詰めて手をしっかりと握る。

「あ……」

「さて行こうではないか。この手は演習場にたどり着くまで離さないからな」

「いやその……恥ずかしいんだけど」

よく見るとアメリアが顔を赤くしながら、空いている方の手で頬を掻いていた。

しかし手を離してしまえば、再び逃亡を図るだろう。目立つかもしれないが、このまま行かせてもらうしかない。

「我慢してくれ。では行くぞ、アメリア訓練兵ッ！　ハリーアップッ！」

「う、うわああんッ！」

「返事はレンジャーだと何度言えば分かるッ！」

「れ、れんじゃあああっ！」

そうして嫌がるアメリアの手を引いて、俺たちは演習場に向かうのだった。

◇

アメリアとの訓練を終えて、自室に戻ってくる頃には夜になっていた。

　俺とエヴィは寝る前に軽く雑談をしていた。

「レイ、お前大丈夫なのか？」

「ん？　なんのことだ」

「運営委員の仕事に、それにアメリアの特訓にも付き合ってるんだろ？」

「あぁ」

「大変じゃないのか？」

　そう言われて改めて考える。確かに、今までの比ではないくらいには忙しい気がする。自分の時間はあまりないしな。

「まぁ……割と大変かもな。正直自由時間があまりない。読書の時間が減ったな。筋トレは最低限しているが」

「だよな～。部屋に戻ってくるのも最近遅いしな。何か手伝えることはないか？」

「ふむ。いや、大丈夫だ。また何かあったら頼らせてもらおう」

「おう！　その時は任せとけ！」

　自分たちの部屋でそう話して、俺たちはベッドに横になる。

　そして明かりを消すと、真っ暗な空間がこの部屋を支配する。だが今日は夜でもよく晴れているのか、月明かりが心地よく差し込んでいた。

　思えば、学生として生活を送るのは初めてなのだが……割と最近は充実している気がした。

運営委員としての仕事はいわゆる雑用であるが、それでも嫌という気持ちはなかった。誰かの力になるのに、魔術を行使しないというのは変な感覚だったが、それでも確かな充実感があった。

それに、アメリアとの訓練も彼女の力になれるのなら、それだけで嬉しかった。

彼女が心のうちに何かを抱えているのは知っている。

でもそれを打ち明けるかどうか迷っているのも、分かっている。

アメリアは容姿端麗、頭脳明晰《めいせき》、カリスマ性も備えている完璧な人間と思われている。でもその実、俺との訓練を逃げ出したりもするし、よく笑うし、よく泣き言を言ったりもする。

俺としては普通に仲のいい友達という印象の方が強い。

といっても、まだ付き合いは短く、彼女のことを完全に把握しているわけでもない。

それでも俺は、アメリアのことを信じきっていた。

別に根拠などはないが、友人としての直感。

いや、純粋に俺はアメリアを人として素晴らしいと思っている。だから信じたくなるのだろう。

そして、彼女ならば魔術剣士競技大会《マギクス・シュバリエ》の頂点に立てると……そう思いながら、睡魔に身を任せるのだった。

すでに一学期も終わりを迎えつつあり、今はテスト期間も終盤にさしかかっていた。もちろんその間も魔術剣士競技大会《マギクス・シュバリエ》の校内予選は進んでいくので、俺は運営としての仕事をこなしていた。

午後になると、クラリスとともに演習場を清掃して、周囲の環境をチェック。

そして教員立ち会いのもと行われる試合の結果を本部に報告し、各選手の戦績を管理する日々。

今はもう新人戦に出る生徒はほぼ確定しており、あと数試合もすれば魔術剣士競技大会《マギクス・シュバリエ》の出場者が確定するところだった。

これは、本戦も同様である。

そしてレベッカ先輩も魔術剣士競技大会《マギクス・シュバリエ》への出場を確定させたようで、セラ先輩が喜んでいた。

新人戦と異なり、本戦は二年生から四年生の中でたった六人しか残れない。

それは一年生に比べれば、尋常ではない競争率だろう。

たった一度の敗北で、後々にかなり響いてくる可能性もある。

そんな中で、すでに出場が決定しているレベッカ先輩はやはり伊達《だて》に昨年の覇者ではないのだろう。

「む？　あれは？」

今日は午前中に一科目だけテストがあり、午後の仕事の時間まで暇だったので学院の図書館で勉強しようと思っていたのだが……ちょうどそこには、エリサとクラリスがいた。

そこは図書館の入り口付近にある共用スペースで私語も許されている場所だ。

私語厳禁なのは、さらに奥のスペースであり俺はそこに行こうと考えていたが、友人がいるのなら話は別だ。

「お邪魔してもいいだろうか？」

「あ。レイくん……」

「ん？　あぁレイね。別にいいわよ」

「では失礼する」

三人で向かい合うようにして座る。するとどうやら、エリサがクラリスに勉強を教えているようだった。

「クラリスはエリサに教わっているのか？」

「そうだけど、悪いっ⁉」

キッと鋭い視線で、俺のことを射貫《いぬ》いてくる。

「いや別に悪くないが。妙に焦っているみたいだな」

「成績が悪いとお小遣いが減らされるのよ‼　それにお母様に怒られるし……」

「なるほど。それは切実だな」

「レイは妙に余裕そうね……」

クラリスは真っ赤な目をさらに、じっと向けてくる。

真っ赤な目もそうだが、肌も少し荒れている気がする。

察するに、あまり寝ていないのだろうか。

トレードマークのいつもキマっている美しいツインテールがしょんぼりしているので、俺はすぐに異変に気がついた。

「寝ていないのか？」

「そうよ……もうなりふり構っていられないのよ！　くそ～、エリサが頭いいのは分かるけど……どうしてこの脳筋も賢いのよ～！」

ひどい言われようである。

俺は別にもう勉強することなどあまりなかった。

この一学期での授業内容は適宜復習をしていたし、元々師匠には勉学関連のことも叩き込まれている。

だから改めて学院で勉強する習慣を身につけるのは、全く苦ではなかった。

おそらく、今回のテストはほとんど終了しているが、満点の科目もいくつかあるだろう……と思えるほどにはよくできたと自負している。

「エリサは駆り出されたのか？」

「う……うん……クラリスちゃんが急にきて、勉強教えて……っていうから。お手伝いしてるの」

「なるほど。エリサは自分の勉強はいいのか？」

「うん……もうだいたい終わってるし……レイくんもでしょ？」

「あぁ」

　エリサが勤勉なのは、どうやら相変わらずのようだった。

「あーもーっ！　なんであんたたちはそんなに余裕なのよーっ！」

「日頃の研鑽《けんさん》だな。クラリス、君は復習をろくにしなかっただろう」

「うぐ……」

「授業を一度受けるだけで全てを覚え、理解できる天才と呼ばれる者が稀《まれ》に存在するのは確かだが普通は無理だ。だからこそ、地道に努力を重ねるしかない」

「ぐ、ぐうの音も出ない……」

「今日も午後からは運営委員として仕事がある。それまで頑張るといい」

「うわあああっ！　もうっ！　運営委員なんてやるんじゃなかったあああっ！」

　彼女は、頭をかきむしりながら叫ぶ。

　おそらくよほど切羽詰まっているのだろう。可愛らしいツインテールがボサボサになってしまう。

「もう。ダメだよ。クラリスちゃん。こんなにもボサボサになって……！　もうっ！　私が直してあげるからっ！」

「う……ごめんなさい、エリサ」

「ごめんじゃなくて、お礼がいいな？」

「あ、ありがとうっ！　こ、これでいいっ⁉」

「……うんっ！」

エリサは立ち上がると、一度そのツインテールを解《ほど》き櫛《くし》で梳《と》かし直して再びその長い金髪を結っていく。

慣れているのか、すぐにいつものような神々しいツインテールになる。

ふむ、なるほど。参考になるな……。

別の視点でその様子を眺めていると、クラリスがため息をつく。

「はぁ。運営委員じゃなかったら、もっと勉強できたのに……」

「俺としてはクラリスと出会えて良かったがな。そう言われると、少し寂しいな」

思ったことをそのまま口にする。

クラリスとは、運営委員になったからこそ出会うことができたのだから。

「う。いや、べ、別にそういう意味じゃないわよっ！　勘違いしないでよねっ‼」

ぷいっと顔を逸《そ》らすと、クラリスはそのままノートに顔を向けてガリガリとペンを走らせる。

「エリサ、俺は何かまずいことでも言ったのだろうか？」

「んー。えっと……まぁ、レイくんっていつもそうだよね。でもいいと思うよ……うん……」

「そうだろうか？」

「レイくんはそのままで、いいと思うよ」

ニコリと優しい笑みを浮かべるエリサ。出会った当初と比較すると、本当に笑うようになったと思う。

「そうか。そう言ってもらえると安心だ。そういえば、エリサは魔術剣士競技大会《マギクス・シュバリエ》は観戦に来るのか？」

「もちろんっ！」

ずいっと体をこちらに寄せてきて、妙に頬も赤くなっている気がした。

いつもは一定の距離感を保っているが、今回ばかりはかなり近い。

それだけ、特別なことなのだろうか。

それに、ここまでテンションの高いエリサは初めて見るな……。

「じ、実は毎年、魔術剣士競技大会《マギクス・シュバリエ》は観戦してるの！」

「おぉ。そうなのか」

「うん！　今年はアメリアちゃんも出るし、応援したいなっ！　と思って！　有名な選手には応援団もあるし、すごい盛り上がるんだよっ！」

意外なことに、エリサは大会を観戦するのが好きなようだった。

「おぉ。それはすごいな。運営としての仕事もあるが、俺も楽しみにしておこう」

「うんうんっ！　それがいいよ！」

「空いている時間は一緒に観戦しよう。もちろん、みんなでな」

「……う、うんっ！　お友達と一緒に観戦するのも、きっと楽しいよねっ！」

エリサは依然として興奮しているようで、かなりテンションが高いままだった。

一方のクラリスは集中力が限界突破でもしているのだろうか、ぶつぶつと言いながら勉学に励んでいた。

しかし、ふむ……なるほど。

閃《ひらめ》いたぞ――！

ということで俺はその閃きをすぐに実行に移すのだった。


「部長ッ！」

バンッと扉を開ける。

環境調査部の部室。

俺は今日も部活ということでやってきたのだが、今回はある願いがあった。

「どうしたレイ」

「部長……いえ、皆さんにお願いが」

「いいだろう。次期エースのお前の話だ。言ってみろ」

「はい実は……」

意を決して、俺は言葉を紡ぐ。

「アメリア応援団を、結成したいのですッ！」

利那。ざわめきが部室内に広まる。

「……アメリア＝ローズか」
「あの三大貴族筆頭か」
「しかし応援団を作ってもいいのか？」
「あぁ。三大貴族はデリケートだからな」
「でもかなり美人だよな。俺、実はちょっとファンで……」
「お前もかよ！　実は俺も……」

部員の方々の反応は、悪くないようだった。

「なるほど。で、なぜ俺たちを頼った？　俺は運営としての仕事もある。でもそれはレイも同じだろう？」

その圧倒的な筋肉がまるで俺を包み込むようにして、問いかけてくる。

そう……すでに俺たちは衣服を脱ぎ去っていた。

それはもはや意識内での行動ではない。無意識に、この身体に刷り込まれている潜在意識が、そうしろと語りかけてきたのだ。

この圧倒的な空間では衣服など邪魔でしかない。

俺たちは自然と、このバルクで語り始めていた。

「応援。それは気持ちも大事ですが、やはり声量も重要だと思うのです」

「続けろ」

「そしてさらには、応援にはその圧倒的な存在感もまた、重要なファクターだと考えました」

「なるほど」

「応援してくれる者の存在を感じて戦える。それは大きな強みです。そしてその存在感こそ……筋肉だと理解しました」

もはや自分でも何を言っているのか、意識などしていない。ただ心にあるこの情熱を、言葉という形で具現化しているに過ぎない。

「……ふ。そうか、そういうことか」

「この学院の中でも最高峰のバルクを備える私達ならば、最高の応援ができると思うのです」

「おい、お前ら……この話、乗ってみないか？」

部長がチラッと後ろを見ると、部員たちもそれに賛同してくれる。

「もちろんだ！」

「あぁ！　最高のバルクで応援してやろうぜ！」

「アメリア応援団か……へへ、最高じゃねぇか！」

「よっしゃあ！　やったるぜぇ！」

やはり言ってよかったな、俺はそう思っていた。

もちろんエヴィ、クラリス、エリサも応援団に誘うことにして、俺たちは応援団としての活動を始めるのだった。

第三章　麗しき一輪の花、リリィー＝ホワイト

「はぁ……はぁ……はぁ……」

「アメリア訓練兵。今日はここまでにしておこう」

今日もいつものように、彼女との訓練を終えた。

「れ、レンジャーッ！」

「水分だ」

「あ、ありがとう……」

水筒を渡すと、アメリアは一気に喉に流し込んでいき、残りを頭にかける。

恐らくは魔術領域暴走《オーバーヒート》とはいかないまでも、かなり発熱しているのだろう。それにこの天候だ。

夏の太陽は容赦なく、俺たちに照りつける。

「どうだ？　調子は？」

「今まで自分がどれだけ適当に魔術をやってきたか、思い知っているわ……」

「正直言って、アメリアは雑すぎるな。学生レベルならいいが、魔術剣士競技大会《マギクス・シュバリエ》でのレベルはかなり高い。それにオルグレン家の長女はなかなか手《て》強《ごわ》そうだ。これぐらいの技量は基本になるだろう」

「アリアーヌのこと調べたの？」

「あぁ。アリアーヌ＝オルグレン。身長は百六十センチ台後半で何よりも手足のリーチがかなり長い。これは戦闘においてかなりのアドバンテージになる。さらに特筆すべきは、その魔術の繊細さ。聖級魔術も使用できるらしいな。しかし、魔術剣士競技大会《マギクス・シュバリエ》では高速魔術《クイックイック》、連鎖魔術《チェイン》、遅延魔術《ディレイ》が重要になる。だがそれは相手も承知の上だろう。といってもこれは誰にでも集められる情報だ。そこで、明日俺はディオム魔術学院に潜入する」

そう告げると、アメリアの表情は驚愕《きょうがく》の一色に染まる。

「せ、潜入……⁉」

「そうだ。任せておけ。この手のスニーキングミッションには慣れている。敵地、敵施設への潜入、破壊工作、諜報《ちょうほう》活動は一通り経験があるし、師匠にも叩《たた》き込まれている。必ずや、最高の成果を手に入れよう」

「……それって大丈夫なの？」

心配そうに言ってくれるが、大丈夫だ。俺はプロであり、スペシャリストなのだから。

「もちろんだ。俺を信じろ」

「そういう意味じゃないけど……明日の休日はいつもの訓練をすればいいの？」

「あぁ。自主練で頼む。流石《さすが》にサボったりはしないだろう？」

「もちろん！　まぁ、レイも頑張ってね……」

「ふ、任せておけ」

俺はアメリアのためには最大限のことをしてやりたい。そのために、魔術剣士競技大会《マギクス・シュバリエ》の新人戦に参戦する優勝候補のデータは集めるに限る。

とりあえずは各学院の制服を入手して、素知らぬ顔で校内を闊歩《かっぽ》するか……学院という条件ならば、これは意外にも効果的だ。

逆にスニーキングをするのもいいが、それは状況に応じて使い分けるか……。

そして俺は明日のミッションに向けて、色々と準備を始めるのだった。

「今日はいいお紅茶が入りましたの」

「そうなのですか？」

「ええ」

「みなさん、楽しみですわね」

「そうですわね」

「はい。とってもいい香りですわ」

今日は休日だが、朝から園芸部での集まりがあった。

もちろん俺は予定通り、この後にディオム魔術学院に調査に行く予定だ。

かのアリアーヌ＝オルグレンのリサーチをするとアメリアにも約束したしな。

だが気がついただろうか。

実は今の会話の中に俺がいたことに。

そうして園芸部のみんなで紅茶とスコーンを楽しんでいると、セラ先輩が慌てた様子で入ってくる。

「も、申し訳ありません……！　遅れてしまいました……！」

「大丈夫ですよ、ディーナさん。後一分ほどあります」

「そうですか。良かったです」

レベッカ先輩にそう言われてホッとしている様子だった。

彼女はいつもの席に座ると、そのまま紅茶をもらっているが……ふと、視線が俺と重なり合う。

「あら？　レベッカ様。新入部員の方ですか？」

セラ先輩が尋ねると、レベッカ先輩はそれに答える。

「いえ。レイさんです」

「は？」

ぽか～んとしているようなので、俺は改めて挨拶を交わす。

「セラ先輩。レイ＝ホワイトでございます」

「な、は……！　いやいや……冗談でしょう？　だって、声も見た目も女の子じゃない！」

そう言われてしまうので、俺は自分の声を元の男の状態に戻していく。

「ん、ん……はい。これでいかがでしょうか、先輩」

「うわっ！　そんな見た目でいつもの声出さないでよっ！　こわっ！」

「では、戻しておきますね？」

「レベッカ様、これは……」

「実は……」

ということで、レベッカ先輩が概要を語ったが……別にそれは大したことではない。

ただ単純に俺が女装をして、この園芸部の集まりにやってきたというだけだ。

もちろん、この後に控えているミッションのためにも。

それに俺の女装技術が衰えていないか、確認もしたかった。

現在は、あまりこの手の技術は使っていない。

軍人時代には、諜報活動で女装は何度かしたことがあった。それは主に、キャロルによる教育の賜物《たまもの》である。キャロルは言動に難ありだが、この手の技術で彼女の右に出る者はいない。

そして、念のために自分の部屋に忍ばせていた化粧道具を使ってメイクをし、さらには各学院の女子の制服も新品で揃《そろ》えた。

これも実は、環境調査部の部長に相談すると……。

「なるほど。任せておけ」

と言われ、翌日には俺のサイズぴったりの女子用の制服が用意されていたのだ。

俺は割と高身長なため、このサイズの女子の制服を手に入れるのは大変だっただろうに……部長はいとも簡単にそれをこなす。

もしかすると、部長は只者《ただもの》ではないのかもしれない。

「わかりました。百歩譲って女装が似合うことは認めましょう。もともと、ちょっと中性的な顔で線も細いから……でも、声よ！　どうやってその声出してるのよっ！　それに骨格！　骨格もおかしいし、筋肉もなんか減ってるし、あんたそれはおかしいでしょ⁉」

「声に関してはちょっと魔術を使っています。骨格と筋肉は内部《インサイド》コードの応用です。潜入捜査の訓練を受けている者なら、肉体の変化はある程度できるべきですが、私は少々……得意、といったところでしょうか？　まぁさすがに身長までは無理ですけど」

「そ、そうなの……？」

すると、落ち着いてきたのかセラ先輩は冷静に尋ねてくる。

「はい。私も血の滲《にじ》むようなトレーニングを重ねて、できるようになりましたので」

実はこれは、変態《メタモルフォーゼ》という聖級魔術なのだが、詳しくは言わない方がいいだろう。

「まぁそれはいいけど……どうして、女性の声を出す必要があるのよ」

「潜入調査では、性別を変えたほうがいい場合もありますので」

「……うん、分かった。あんたのことは深くは聞かないことにしておくわ……」

俺は完全に女子生徒の格好をしていて、女性の声を出して対応している。

栗色《くりいろ》をした綺麗《きれい》な長髪のウィッグをかぶり、さらには化粧も一通りほどこした。ただし、あまり濃いと学生には見えないので最低限に。

あとは胸に詰め物を入れて、完成。

女装技術を叩き込まれていたのだが、ここで役に立つとは。


「レイちゃん、可愛《かわい》い～」

「うんうん。ずっとその格好でいなよ！」

「男の子の時はかっこいいけど、女の子はすごい可愛いね～」

「ほら、お菓子食べる？　紅茶もどうぞ？」

「みなさん。ありがとうございます」

なぜか俺の女装は大好評で、このように先輩方には大受けだった。

これは確かな手応えがある。

どうやら、俺の技術も衰えてはいないようだな。

そう再確認すると、スッと椅子から立ち上がる。

「先輩方、私は少し用事がありますので……」

「そうですか。レイさん、またいらしてくださいね」

「はい。またお花の話をしにきますね。では、先輩方……失礼します」

恭しく礼をすると、俺は部室から出ていく。

「レイってば……まじで可愛いわね……」

最後にセラ先輩がぼそりと呟《つぶや》く声が聞こえ、俺は反射的にガッツポーズを取るのだった。

先ほどはアーノルド魔術学院の制服だったので、俺は今度はディオム魔術学院の制服へと着替えるために自室に戻ってきていた。

すると、ちょうどエヴィも起きたのかあくびをしながら、室内をうろついていた。

「おー、レイか。いつもランニングとはすげぇなぁ……ん？　いや、誰だ？」

「私……じゃない。ごほんっ！　俺だ」

声を調整して、すぐにいつもの男の声に戻す。

「……は？　お前、レイなのか？」

「いかにも。レイ＝ホワイトは俺だ」

「で、でもよ！　女じゃん！」

その声はいつものものとは違い、完全に驚いているようだった。

「ちょっとした事情でな。今からミッションに向かうために女装をしている」

「いや待て。待ってくれ。頭の整理が追いつかない……」

「大丈夫だ。あるがままを受け入れろ」

そんな風に話しながら、俺はサササッとディオム魔術学院の制服へと着替える。そして姿見で改めて自分の容貌を確認する。

胸まで伸びる茶色の髪に、透き通るような白い肌。

またその唇を彩る口紅は血色がよく見える程度で、決して濃いものではない。

まつ毛も綺麗に上を向いており、シワひとつ、シミひとつない完璧な女子生徒が生まれていた。

「よし、完璧だな。では行ってくる。帰りは夕方から夜になる」

「あ、あぁ」

釈然としない様子だったが、まぁ仕方ない。

みんな初めは驚くものだからな。

この学院を出ていく前に、アメリアの様子だけは確認しておきたかった。

別に信じていないわけではないが、しっかりと訓練に励んでいるのだろうか。

そして、いつもの演習場に向かうのだった。

「む。やっているな。しかしあれは、エリサとクラリスだろうか？」

アメリアはどうやら俺が課した訓練を早朝からこなしているようだった。

でも今回は隣にエリサとクラリスもおり、どうやら訓練を手伝っているようだった。

生み出した氷を自分で溶かす単純作業だが、実際に準備や後の処理は面倒なので……それをエリサとクラリスでやっている、ということか。

素晴らしい友情だなと思いつつ、いつものように俺は教官の気分でアメリアに話しかける。

「アメリア訓練兵ッ！　よくやっているようだなッ！」

「レンジャーッ！　今日も訓練に励んでおりますッ！　うん……？　え……？」

「え、今の声って」

「レイくんだけど、え？　え？」

全員がポカーンとしている中で、俺はそのまま会話を続ける。

「エリサとクラリスも手伝っているのか。素晴らしいな。ただアメリア訓練兵よ。集中力は切らすなよ？　友人がいるからと言って、弛緩《しかん》してはならない」

「れ、れんじゃー？」

きょとんとした様子で俺を見つめてくるので、すぐにネタバラシをする。

「あぁ……すまない。今からミッションに行くのでな。その際に女装の方がいいと判断したので、こんな格好をしている」

「「「えええええぇぇぇぇ⁉」」」

全員の声が、重なるようにしてこの場に響いた。

三人とも驚愕しているようで、エリサに至っては口を押さえている。

しかし、そこまで驚くことなのだろうか。

一応、原形は残っていると思うのだが……。

「ちょ、ちょっと待ちなさい!!　あんた、まじでレイなの？」

「ふ。どうだ、クラリス。俺の女装もイケているもんだろう？」

すると、クラリスのツインテールが真上にぴょんと伸びる。

「いやイケてるとかいうレベルじゃないけどっ！　そこらへんの女子よりも可愛いけど……っ⁉」

「う……うん、私も、ちょっと驚き。いや、ちょっと怖いかも……っ」

「ええ。二人の言うとおりね。私もにわかには信じがたいわ。あのレイがここまで変わるなんて」

「それなら良かった。バレてしまっては意味がないからな」

今回のミッション、実は普通に男子生徒として潜ることも考えたが、アリアーヌ＝オルグレンに近づくには、異性よりも同性の方がいいだろうと判断したのだ。

どうやら、彼女は周りに取り巻きのようなものを作っているらしく、男子生徒はあまり寄せ付けないのだとか。

だからこその女装。

唯一、身長が高いのはどうしようもないので、そこはもう活《い》かすようにしてみた。

スカートは少し短めでスラッとした脚が目立つように、さらにはソックスも丈の短いものを選択している。

こうすれば、この脚の長さが一番目立つ。

これはどこからどう見ても、女性にしか見えないことだろう。

もちろん、ムダ毛の処理は完璧だ。

今日は起きてからすぐにシャワーを浴びて、全て丁寧に剃《そ》ったからな。

「あ！　でも、あんた声はどうするのよ？」


「クラリスさん。これでいかがでしょうか？」


俺はすぐに、声を女性のものに切り替えた。

「こわっ！　え⁉　どうやって出してるの⁉」

「ちょっと特殊な魔術を使っています」

首をちょっと傾《かし》げて、敢《あ》えて女性の仕草をしてみる。

向こうに行ってしまえば、男の声と仕草は封印しないといけないからな。

今のうちから染み込ませておこう。

「う、うわぁ。なんか私よりも声が可愛いんだけどっ！　しかも偽物だけど、胸大きいのも、なんかムカつくっ！」

「私も、ちょっと自信なくす……かも……」

「レイ、あなたは一体どこにいくつもりなの？」

三者三様の反応だが、いい手応えだ。

アメリアは完全に異形のものをみるような目つきをしているが、上々の反応だ。

さて。ではそろそろ向かうか。

「アメリア。期待していてくれ。必ず、アリアーヌ＝オルグレンの情報を入手してくる！　では、みんなさらばだ！」

ということで、俺はこの女装姿のまま意気揚々とディオム魔術学院へと向かうのだった。


馬車に揺られて数十分。

やってきたのはディオム魔術学院。

北区の西にあるのがディオム魔術学院で、逆の東にあるのはメルクロス魔術学院だ。

アーノルド魔術学院は王国の北区の中央にある。

だが同じ北区といっても、それなりに距離はあるので俺はディオム魔術学院に通じている馬車に乗り、無事に到着。

大きさ、というよりもアーノルド魔術学院とは基本的な構造が一緒なので、そこまで差異はないものの、俺は感じ取っていた。

この学院は明らかに生徒の質が違う。

この場合の質は、纏《まと》っている雰囲気という意味だ。

それこそ、噂《うわさ》通り実戦に重きを置いているのがよく分かる。

外から見ても、生徒の鍛え方はよく理解できる。

男子生徒はその筋肉量が制服越しでも判《わか》りやすいが、女子生徒も侮ることはできない。

スラッと伸びる脚に、長い腕。

背筋もしっかりと伸びており、歩き方も美しい。

そのような特徴から、やはりこの学院の生徒は侮れないと思いながら俺は、潜入を試みる。

「よし。行くか」

もちろん校門から堂々と入るわけにもいかない。

この時期は警戒しているだろうし、そんなリスクの高いことはしない。

近くの塀をスッと登ると、無事に敷地《しきち》内には潜入したが……やはり魔術的なトラップが張られているのは間違いなかった。

パッと見るに、遅延魔術《ディレイ》の類だが、そんなものに引っかかる俺ではない。巧妙に隠されているも、第一質料《プリママテリア》が微《かす》かに漏れ出ている。

その遅延魔術《ディレイ》を避けながら進んだが、いきなり生徒に遭遇してしまった。

「ん？　今動いてたような……ま、気のせいか」

「……！」

じっと動きを止める。

しばらくすると、その生徒はこの場から去って行く。

何故《なぜ》俺が素通りされたのか……それは俺が、段ボールの中にいるからだ。師匠曰《いわ》く、段ボールは持ち運びに優れ、隠れるのにも適している。

もちろん、ただ段ボールが変な場所にあってはおかしいが、今回は茂みの中にあっても素通りされた。

普通人間は、おかしなものがあっても触ろうとする者は少ない。

ん？　あぁ……段ボールか。

程度の認識で終わりだ。

そうして無事に、遅延魔術《ディレイ》が設置された茂みの中を抜けると無事に校舎近くに出てきたのだった。

「ふぅ……ひとまずはクリアか」

段ボールから出ると、それを手早くたたんでから茂みに隠しておく。そうして髪を軽く靡《なび》かせると、ディオム魔術学院の調査を開始する。

目標はアリアーヌ＝オルグレン。

その容姿は特徴的で、白金《プラチナ》の髪色をしているのだが、それをこれでもかと縦に巻いているらしい。

いわゆる縦ロールというやつだ。

これはキャロルが昔やっていた髪型なので、容姿で発見出来るだろう……。

そう思って、校舎に入ろうとしたが……俺は目の前にいた小さな女の子に目がいった。


「うわぁぁああぁんっ！　おねぇぇええちゃん、どこおおおおっ！　うああああああんっ！」


まだ幼い……それこそ、五歳か六歳くらいだろうか。

別に休日の学院に家族が来ることはおかしくはないのだが……この女の子は一人でやってきたのだろうか。

白金《プラチナ》の髪が肩まで伸びており、幼いからかその肌はとても綺麗なものだった。

鼻筋も綺麗に通っているし、目もぱっちりしている。

きっと将来は美人になるに違いないが、今は泣いていてその顔が台無しだ。

任務を優先するならば、ここは無視だ。

周りにいるわずかな生徒たちも静観を決め込んでいる。

本当ならばここで声をかけるのは得策ではない。

俺の今回の目的はアリアーヌ＝オルグレンの情報を入手すること。

だからこそ、あまり目立つ行動はしたくないが……泣いている子どもをそのままにしておくのは……俺の主義に反する。

これでバレることに繋《つな》がっても、それもまた運命だろう。

ということで、特に悩むことなく声をかけることにした。

「お嬢さん、大丈夫？」

躊躇《ちゅうちょ》なく地面に膝をつけて、目線を合わせる。

頭を撫《な》でて落ち着かせながら、とりあえず話を聞く体勢に入る。

「うっ。ぐすっ……お姉ちゃんが、お姉ちゃんが、いなくてぇ……！」

「なるほど。じゃあ、一緒に探しましょうか？」

「えっ！　本当っ⁉」

「ええ。構いませんよ」

にこりと微笑《ほほえ》みかける。

ついでに涙と鼻水で顔がひどいことになっていたので、ティッシュでそれを拭ってあげる。

「私は、リリィー＝ホワイトと言います。あなたのお名前は？」

「わたしは、ティアナ＝オルグレンっていうのっ！」

「……そう。じゃあ一緒に行こうか、ティアナちゃん」

「うんっ！　ありがとう！　リリィーお姉ちゃん！」

リリィー＝ホワイト。

それは師匠から授かった、俺の女装時の名義だ。

そして、彼女の小さな手を握って、そのまま校舎内へと侵入していく。

おそらくだが、彼女はアリアーヌ＝オルグレンの妹だ。

念のため、家族構成も調べていたが、確か年の離れた妹がティアナという名前だったはず。

意図したわけではないが、アリアーヌ＝オルグレンに接触する機会を得ることができそうだった。

こちらの学院でも魔術剣士競技大会《マギクス・シュバリエ》の予選は行われている。そのため、休日だが生徒はそれなりにいるようだった。

「ねぇ、リリィーお姉ちゃんって背が高いね！」

「そうですね。女性にしては高い方だと思います」

「あしもスラーッとしてて、すんごく綺麗！」

「ふふ。ありがとうございます。ティアナちゃんも可愛いですよ？」

「ほんと⁉」

「ええ。将来はきっとすごい美人さんになります」

「わーい！」

背が高いのはもともと男性だからだ、と言えるはずもなく、俺はティアナ嬢と手を繋いで校内を歩いて行く。

時々すれ違う生徒にギョッとされるも、そのままスルーされて行くのは逆にありがたい。

だがやはり、自分の容姿で少女と歩いているのは、些《いささ》か目立つだろう。

早いところ、アリアーヌ嬢を見つけたいところだが。

「お嬢さん、どちらへ？」

二人で仲良く話しながら歩いていると、男子の集団に遭遇する。

そして先頭にやってきて話しかけてきたのはいかにも美形……という感じの生徒だった。その立ち振る舞いからしても、貴族なのは間違いないだろう。

「少し人を探していまして」

「ほう。なるほど。美しいお二人のために、我々が力になりましょうか？」

「いえ。ご迷惑をかけるわけには……」

「そんなことはございません。あなたのような、この学院に咲く一輪の可憐《かれん》な花のためならば、我々は全力を尽くしましょう」

「そうですか。ありがとうございます」

にこりと微笑むと、その場にいる男子生徒の顔が一気に真っ赤に染まっていく。

大変に気分がいい。

なんというか、開けてはいけない扉を開きつつあるような感じだが……自分の女装の技能が完璧だという自負がさらに裏付けられていく。

さらに会話を続けようとした矢先、次に現れたのは女子生徒の集団だった。

「ちょっと男子！　お姉様が困っているでしょ！」

「む。お姉様、だと？」

「あんたたちは引っ込んでいなさい！」

女子生徒の集団は男子たちを蹴散らすようにして、こちらに近づいてくる。

そして俺の手をそっと取ると、柔和な笑みでこう告げる。

「お姉様、お名前は？」

「リリィー＝ホワイトと申します」

「リリィーお姉様……っ!!」

その瞳は完全に俺の虜《とりこ》になっていた。

しかし異性だけでなく、同性も魅了してしまうとは……俺の美貌には困ったものだ。

と、内心でやれやれと思っていると、ふとあることに気がつく。

「あなた、タイが曲がっていますよ」

そう言いながら、少しだけずれているそれを直すと……さらにその女子生徒は両手をギュッと握りしめて、感謝を示すのだった。


「リリィーお姉様！　なんて尊いのっ！」

「素晴らしいお方ですわ！」

「それにこの美貌っ！　あぁ、あの美しい脚で踏まれてしまいたい……」


うん……まぁ、少しやりすぎたか。

今までの振る舞いを反省していると、くいくいっとティアナ嬢が袖を引っ張ってくる。

「リリィーお姉ちゃん、モテモテだね！」

「そうですね。罪な女、ですね」

「つみなおんな、なの？」

「はい。しかしティアナちゃんのお姉さんを探さないといけませんね」

ここで時間を割く暇はないということで、男性陣にも女性陣にも丁寧に挨拶をしてその場から去っていく。

「なんと可憐な……っ！」

「ああん！　お姉様ぁ……っ！」

その声は聞こえなかったことにした。

どうやら少し張り切りすぎたようだった。

反省しよう……。

「あ！　お姉ちゃんだ！」

ティアナ嬢は手を解《ほど》いてタタタ、と走って行く。

視線の先にいたのは、テラスでお茶をしている女性だった。

彼女こそがアリアーヌ＝オルグレン。

白金《プラチナ》の髪をこれでもかというほどに縦に巻いており、その特徴的な姿はかなり目を引く。それにパッと見た限り、プロポーションも良く、出るところは出ていて、締まるべきところは締まっている。

あの体型を維持するには、それ相応の努力が必要だと分かっているからこそ、俺は感嘆の意を示す。

そうして校舎の外へと走っていくティアナ嬢の後に続く。

俺もまた校舎外へ出ていき……そのテラスに腰掛けているアリアーヌ＝オルグレンのそばへと近寄って行く。

「まぁ！　どうしたんですの！　ティアナがここにいるなんて！」

「えへへ～、来ちゃった～」

「お父様とお母様は知っているのですか？」

「ひみつで来たよ！」

「はぁ……あなたは本当に活発な子なのですねぇ」

「お姉ちゃんのしあい、見たいから！　おうえんに来たの！　あ！　それとね、あのお姉さんが助けてくれたの！」

「お姉さん……？」

アリアーヌ嬢の横でピョンピョンと飛び跳ねて騒いでいるティアナ嬢が、そう言って俺を指差す。

そしてアリアーヌ嬢の視線もまた、俺の方へと向く。

ファーストインプレッションは重要だ。

俺はぺこりと頭を下げながら、彼女たちのそばへと近寄り自己紹介する。

「初めまして、リリィー＝ホワイトと申します」

「わたくしはアリアーヌ＝オルグレンですわ。それであなたが連れて来てくださったの？」

「はい。校門の前でティアナちゃんが泣いていましたので。一緒にここまで来ました」

「まぁ！　これはどうもご丁寧に……うちの妹がお世話になりましたわ」

「いえいえ。全然大丈夫ですよ。ティアナちゃんもすごくいい子だったので」

アリアーヌ嬢は迷わず俺に対して頭を下げて来た。

なるほど……別にそこまで高飛車なお嬢様……というわけでもないのかと分析していると、彼女はあることを提案してくる。

「お礼もしたいですし、一緒にお茶でもいかが？」

「よろしいのですか？」

「もちろんですのよ。ティアナをここまで連れて来てくれたお礼に、わたくしがご馳走《ちそう》しますわ」

「それではお言葉に甘えて……」

そして同じ席に着くと、アリアーヌ嬢はわざわざ飲み物をすぐ近くの売店に買いに行ってくれた。

いつもは取り巻きの人間がいると聞いていたが、今日は一人らしい。

ちょうどいいタイミングだ。

今回に限っては、どうやら天は俺に味方をしてくれたようだった。

そう思っていると、彼女が戻ってくる。

「紅茶でよろしかった？」

「はい。ありがとうございます」

そうして紅茶をもらうと、俺は軽く口をつけるも……アリアーヌ嬢の視線が少しだけ鋭くなるのを感じた。

「ティアナ。少しだけそちらで遊んでいてちょうだい。魔術の練習をしてもいいですわよ」

「ほんとうに⁉」

「ええ。でも気をつけてね」

そしてタタタと、少しだけ離れた場所にティアナ嬢は走っていってしまう。

「さて。単刀直入に聞きましょうか。あなた、うちの生徒ではありませんわね？」

ズバリ的中。

ただのお嬢様ではなく、それなりに頭もキレるようだと、その情報をインプットする。

「いいえ、実は病弱であまり学院に来れていなくて……」

「いいえ。嘘《うそ》ですわ。あなたの歩き方、それに立ち振る舞い方、とても病弱とは思えません。それにあなたほどの美貌を持つ女性がこの学院にいるのでしたら、わたくしが知らないはずがありませんわ」

「聡《さと》いのですね、アリアーヌ様は」

「ええ。全てを兼ね備えているのが、このわたくしですから。あまりアリアーヌ＝オルグレンを舐《な》めないでもらいたいものですわ。それにこの手の潜入工作は伝統的に行われているもの。流石に分かりますわ」

さらっと白金《プラチナ》の髪を後ろに流すその様は、本当に自信に溢《あふ》れているのだと思った。

アメリアとは対極的だ。

彼女にはまだ迷いがある。

それはここ数週間、トレーニングを重ねている中でも見て取れた。

だがこのアリアーヌ＝オルグレンは違う。

全ての言動が自信に溢れている。

それはきっと慢心の類ではない。

彼女は純然たる事実として、それを示しているのだ。

三大貴族のオルグレン家の長女としての在り方を理解している。

いい意味で貴族らしい彼女をこれ以上騙《だま》すのも無理かと悟り、俺は素直に打ち明けることにした。もちろんこのケースも想定していたので、あまり躊躇《ためら》いはなかった。

この手の潜入行為は伝統的に行われているものらしいので、彼女も理解があるのだろう。

「それで、どこの学院の人ですの？　わたくしは逃げも隠れもしません。だからあなたも、正直になるべきだと思いますわよ」

「あぁ。そうさせてもらおう。申し訳なかった、騙すような真似《まね》をして。アリアーヌ＝オルグレン。あなたは本当に気高い人だ。素直に尊敬する」

女性の声をやめて、いつも通りのレイ＝ホワイトとして振る舞う。


「――――は？」

だが俺が男性の声を出した瞬間にアリアーヌ嬢はポカーンとした表情で、俺のことを見つめてくる。

「どうした？」

「い、いやその。こ、声が……」

「ん？　あぁ。すまない。先に言うのを忘れていた。アーノルド魔術学院に通っている、レイ＝ホワイトだ。女装しているだけで男性なので、そこはよろしく頼む」

「だ、男性？　ちょっと待ってくださいまし。あなた、確かに身長はかなり高いようでしたが、骨格や筋肉のつき方は女性そのものでは……？」

「これは内部《インサイド》コードの応用だ。まぁあまり長くは持たないが」

そうして彼女はさらに、声を荒らげる。

「こ、声！　声はどうしてますのっ！」

「これはちょっとした魔術の応用だ」

「は、はぁ。いえ、その……本当に男性、なんですの？」

「いかにも。といっても、本当はここまで真正面から接触する気は無かった」

「そ、そうですの……あ！」

そして、急に声をあげるアリアーヌ嬢。

それはまるで、何かを思い出したかのようだった。

「レイ＝ホワイト。名前は知っていますわ。確か、学院初の一般人《オーディナリー》だけども戦闘技能は高い、と噂で聞きましたわ」

「おぉ。まさかこの学院にまでそんな噂が。これは少し照れるな」

「ちょっとその容姿とその声のギャップが大きすぎて、頭がおかしくなりそうですわ……」

その顔は完全に疲れている様子だった。やはり、俺の女装はそれなりのクオリティを保つことができているようだった。

「ではこれでいかがでしょう？」

「すぐに女性の声も出せるのですね。あなた何者なんですの？」

「一般人《オーディナリー》であり、そして魔術剣士競技大会《マギクス・シュバリエ》の運営委員でもあります」

「なるほど。それ以上でも、それ以下でもないと」

「はい」

毅然《きぜん》とした態度で、彼女に応じる。

高飛車なお嬢様と思っていたが、どうやら意外にもそうでもないみたいだった。

「少し面食らいましたが……あなた、気に入りましたわ。今までの他の学院のスパイはこそこそし過ぎでしたが、妹のためにここまでオープンにしてくれたあなたに感謝の意を込めて、この後の校内予選、観戦してもよろしくてよ？　もちろん、ティアナとは一緒にいてくださいまし」

「それはこちらとしても嬉《うれ》しいご提案です。でもいいのですか？　試合まで見せてしまっても」

「構いません。そもそも、リサーチされた程度で負けるのならそれまでの実力ですわ。王者の風格というものを、見せてさしあげましょう」

「それは楽しみですね」


そして、試合が開始。

俺はそこで彼女の実力を見たが、それは予想以上のものだった。


『おおおおおおおおおおっ！』


勝負が決まった瞬間、周りから感嘆に満ちた歓声が上がる。

彼女は名実ともに卓越しているようで、周りへ手を振りながら余韻の残るその場から去っていく。

揺れ動く白金《プラチナ》の髪はとても美しいものに見えた。

そして自分の振る舞い方をよく分かっている、そんな感じの印象を改めて抱く。


「すごーいっ！　お姉ちゃん、あんなに大きい人に勝ったよっ！」

「ええ。すごいですね。ティアナちゃんのお姉さんは、とてもすごい人だと思います」

「へへーん！　そうだよっ！　お姉ちゃんはすごいんだから！」

と、その小さな胸を張るティアナ嬢。

俺が口にしたのは、別にリップサービスでもない。

ただ純粋に彼女の技量は学生の中でもトップレベルだと判断したのだ。

これこそが、アリアーヌ＝オルグレン。

きっとその真価はまだ隠されているだろう、その片鱗《へんりん》だけでも垣間見《かいまみ》ることができたが、今のアメリアが勝てる未来は、俺には思い描くことはできなかった。


「先程はありがとうございました。ティアナも無事に帰ることが出来たようですわ」

「いや別に構わない。俺としても、ティアナ嬢が満足して帰ったのなら嬉しい限りだ」

現在いるのは、アリアーヌ嬢の自室。

室内はうちの寮とあまり違いはないが、そこは三大貴族だからなのか一人部屋であるし、室内の間取りもかなり広い。

装飾はあまり派手ではないものの、綺麗に保ってあるようだった。

「思えばこんな格好ですが……ふ、二人きりですわね」

「ん？　まぁそうだな」

「べ、別に緊張しているとかそういうことはないんですわよっ！　も、もしかして二人きりだから、あんなことや……こんなことも……っ⁉　ううう。経験がないとはいえ、ここは乙女として準備をしておくべきなのかもしれません……っ！」

顔を赤く染めながら、彼女はそんなことを言ってくる。それに綺麗にカールしている髪を忙《せわ》しなく触っているようだ。

後半は何を言っているかよく聞こえないが、少し慌てているようにも見えた。

「どうかしたのか。顔が赤いようだが」

「え⁉　べ、別になんでもありませんのよ？　お、おほほっ！」

何かを誤魔化すようにして笑っているようだが、特にそれ以上追及することはなかった。

そういえば、あの後は実家に連絡を取ったらしくティアナ嬢には迎えの人が来て、そのままその人と帰宅していった。

「バイバーイ！　またねー！」

と、ブンブンと手を振ってニコニコと笑いながら去っていった。

俺の口調も部屋で二人きりということで男性のものに戻している。

先ほどは女性にしてくれと頼まれたが、もう男性でもなんでも良《い》いとのことだった。

半ば呆《あき》れ気味に彼女は言っていたが。

「ティアナ嬢はとても良い子だな。きっと将来は君のような美人で人格者に育つのだろう」

「……」

「どうした？」

俺が思ったことを率直に口にすると、その真っ白な肌は少しだけ朱色に染まっていた。顔も俯《うつむ》けており、俺の方を意図的に視《み》ないようにしている。

む。これはまさか、何かしてしまっただろうか。

そう思っていると、彼女はすぐに口を開いた。

「べ、別になんでもありませんわっ！　あなた、いつも女性にそんなことを言っているんですの？　慣れているようですけど」

じーっと半眼で見つめてくるので、俺は再び素直に答える。

「当たり前だろう。女性はとにかく褒めろと、教育されているからな」

「そうですか。ま、わたくしの美貌は当然のものですわ」

「あぁ。そうに違いない」

「調子狂いますわね。それと、わたくしのことはアリアーヌと呼んでくださいまし」

「いいのか？　俺たちはまだ出会ったばかりだが」

呼び方に関しては、互いにまだ決めていなかったのだが彼女がそのように提案してくる。

「ええ。あなたはとっても面白い方ですので。特別ですわよ？」

「恐縮だ。俺のこともレイと呼んで欲しい、アリアーヌ」

「分かりましたわ。改めてよろしくですわ、レイ」

そして、俺たちはそのまま自然と握手を交わした。

「それで、レイはどう思いました？　わたくしの戦いを」

そう言われるので、自分の所感を交えて感想を述べる。

「そうだな。相手の剣戟《けんげき》を真正面から受け止める技量。内部《インサイド》コードの扱いはかなりすごいな。だが特筆すべきは、あの発動した魔術。あの剣戟の中で魔術を使う余裕があるとは驚きだが、あれは遅延魔術《ディレイ》だな。おそらく、剣戟が始まった瞬間には既に地面には魔術が発動状態で伏せられていたはずだ。後は獲物をおびき寄せるようにして、指定の位置に移動させて終了、と言ったところだな。戦術が組み込まれた頭のキレる巧者の戦い方だ」

「お、驚きました。そこまで見えていたんですの？」

「遅延魔術《ディレイ》の場合は第一質料《プリママテリア》の流れに癖が出るからな」

「はぁ。それはまたすごいですわね。というよりも、あなたは出ないんですの、魔術剣士《マギクス》競技大会《シュバリエ》に」

俺は魔術領域暴走《オーバーヒート》の後遺症がまだ残っている。そのため、今回の大会は出る気はない。

それは、誰に聞かれても同じ答えだった。

「諸事情があってな。今は運営委員として活動中だが、その傍らで友人の訓練にも付き合っている。三大貴族ローズ家の長女でアメリアというのだが、知っているだろうか？」

アメリアとアリアーヌは同い年だ。それに三大貴族ということで、面識があると思ってそう訊《き》いてみた。

「アメリア？　あのアメリア＝ローズ？」

「あぁ。アメリアとは友人だ」

「そうでしたか。では、アメリアのためにこの学院まで、わたくしの調査をしに来たと」

「そうだ」

アリアーヌは少しだけ目を見開いて、驚いたような表情をしていた。

そんなに意外なのだろうか。

しかもそれは、俺が魔術を見抜いたときよりも、アメリアの友人と言った瞬間の出来事だった。むしろ魔術の時は軽く驚いたくらいだが、今回は本当に心から驚いている……そんな印象を抱いた。

その反応は少し気になるものだった。

アメリアの過去か。

ここでアリアーヌから聞くこともできるかもしれない……だがそれはできない。

アメリアがいつか自分の口から話すまで、俺は待つべきだと考えている。

それが友人というものだと、俺は思っているのだから。

「そうですか。アメリアにもあなたのような友人ができたのですね」

感慨深そうに、それこそどこか虚空を見つめるような形でそう告げる。

それはきっと過去を想起しているのだろう。

そしてアリアーヌは少しだけ間を置いて、軽く微笑みながら話を続ける。

「でもまぁ、わたくしは女装姿しか知りませんけど。ふふ」

「当日は男性として会うことになるだろう。運営委員としての活動もあるしな」

「はぁ。あなたって本当に変わっていますのね」

「そうだろうか？」

「そうです。得てして、変人とは自分のことをそう思っていないものです。けど、あなたと友人のアメリアに少し嫉妬してしまいますわね。あなたはとても面白い人ですから」

にこりと微笑む。

お世辞でもなく、純粋な彼女の気持ちだということはその美しい微笑みを見れば俺は容易に理解できた。

「大丈夫だ。俺はもう、アリアーヌとも友人でいるつもりだ。違うか？」

「そういうところも含めて、レイは規格外ですわね。普通は三大貴族を前にしたら、萎縮するものですのよ？」

「そうなのか。しかし俺は対等な友人として、付き合っていきたい所存だ」

「ふふ。なら、わたくしも友人ということでこれからよろしくお願いしますわ」

微笑みながら、テーブル越しに握手を求めてくる彼女。

かすかに揺れる縦に巻かれた白金《プラチナ》の髪から女性特有の甘い匂いが鼻腔《びこう》に広がる。

もちろん俺もまた、それに応じる。

「アメリアは強くなる。そして新人戦で優勝するのは、彼女だ。残念ながら、アリアーヌには敗北の味を知ってもらうことになる」

「楽しみですわ。そしてその言葉、そっくりそのまま、お返しいたしますわ」

互いに敵対しているも、そこには別に敵意はなかった。

ただ競い合うライバルとして、俺たちは見詰め合っていた。

アリアーヌ＝オルグレン。彼女を超えるのは並大抵のことではないが、アメリアならきっと彼女を打ち破れるだろう。

エインズワース式ブートキャンプは切っ掛けに過ぎない。

アメリアに足りないのは自信。その揺るぎない自信を獲得できれば、彼女はもっと先へ行ける。

そして、アメリアはもっと大きな空に羽ばたいてゆける。

俺はそう信じている――。

◇

俺は女装姿のまま寮へと戻っていた。色々と時間がかかってしまい、今はちょうど薄暗くなってきて夜になってしまった。

「ん？　あれは……」

よく見ると、キョロキョロと周囲を見渡している女性がいた。誰か探しているのだろうか。

そう思っていると、二人組の男性がその女性へと近づいていく。その様子と雰囲気からして、知り合いというわけではなさそうだった。

「お嬢さ～ん。こんなところでどうしたの？」

「うんうん。よかったら、俺たちと遊ばない？　それに、とっても綺麗だね。その白い髪さぁ～」

近付くとそのような声が聞こえた。どうやらナンパの類いか。

また、その女性は確かに真っ白な髪に、真っ白な肌をしていた。それに、彼女の目は真っ赤だった。

近年、魔術的な要因がこのように外見に影響を及ぼすのは、魔術師の間では有名な話だ。

「う……え、えっと……その……」

震えている。どうやら、男性に迫られて怯《おび》えているようだ。

「いいじゃん。いいじゃん。可愛いねぇ～」

「ねね。ちょっとだけだからさ」

そう言って、無理やり彼女の手を摑《つか》もうとするが……。

「お兄さんたち～。そこまでですよ～」

俺は助けるべきと思って、その手を捻《ひね》り上げる。

「い、いてて！」

「おい！　なにするんだよッ！」

「女の子に無理やり触ろうとするなんて、ダメですよ？」

ニコッと微笑みを浮かべる。しかし手を離すことはなく、笑顔で圧をかける。すると俺の雰囲気に慄《おのの》いたのか、二人はそのまま去っていくのだった。

「大丈夫ですか、お嬢さん？」

目の前で俯いている少女が顔を上げる。

髪型は前下がりのセミロングであるものの、前髪は斜めに切られて片目だけが見えている状態だ。それに髪を耳に掛けている方には、大量のピアスが目立つ。それは耳たぶだけでなく、軟骨の部分にまで及んでいる。

かなり派手な印象だが、実際には顔つきは少し大人しいと思った。

それに誰かに似ているような？

「あ、あの！　あ、ありがとうございました！　ちょっと困っていたので」

「いえいえ。困っていたようでしたので、ちょうど通りかかってよかったです。では私はこれで」

そう言って去ろうとするが、ギュッと袖を掴まれる。

「お、お名前を教えていただけませんかっ⁉」

迷う、がここはあの名前を答えておくことにした。

「リリィー＝ホワイトと申します」

「リリィーお姉様ぁ……」

ポーッと熱に浮かされているような表情。胸の前でギュッと両手を握って、熱い視線を送ってくる。

「あなたのお名前は？」

「私は、マリア＝ブラッドリィと言います。お姉様」

すでにお姉様呼びは定着してしまったようだった。それにしても、ブラッドリィという名前。

それに、似ていると思っていたのはそうだ——レベッカ先輩に似ているのだ。

奇抜な髪型、大量のピアス、純白の髪と肌に真っ赤な瞳。

それだけ見れば分からないが、その綺麗に整った顔はレベッカ先輩の姉妹と言われれば納得できるものだった。

「レベッカ先輩の妹さん、ですか？」

「え。お姉ちゃんを知っているんですか？」

「はい。レベッカ先輩にはお世話になっているので」

そう言葉にした瞬間、まずいと思った。

俺は今、ディオム魔術学院の制服を着ているのだ。ここで先輩の後輩というのは、流石にまずいか……？　と思ったがそれは杞憂《きゆう》だった。それは、彼女の瞳はどうやら俺の顔しか見てないからだ。

「私、そのっ！　お姉ちゃんには色々と思うところがあって、アーノルド魔術学院への進学は迷っていたんですけど……お姉様がいるのでしたら絶対に進学します！　来年まで、待っていてください！」

「はは。そうですか……」

どうやら話を聞くに、俺たちよりも一歳年下なのか。

それにしてもものすごい熱意だ。グッと顔を寄せてきて、彼女は熱い口調で語り続ける。

「それではお姉様。私はこれで失礼します。また会える時を、楽しみにしていますねっ！」

ペコリとその場で一礼をすると、彼女はスキップでもするように歩みを進めていった。

「……」

これはもしかしてまずいのでは？　と思ったが……きっともう会うこともないだろう。

気にすることはない。

俺もまた、帰路へと就くのだが……マリアとはまた近いうちに会うことになるとは、俺

はまだこの時は夢にも思っていなかった。

◇

昼休み。

昼食をいつものように五人で摂《と》っているのだが、アメリアとクラリスは机に頭をつけて撃沈していた。

「元気出してっ！　クラリスちゃん、アメリアちゃん……っ！」

「……」

「……」

二人ともに頭から煙が出ているような感じで、もちろん比喩だが、全く動きはしないし、食事も購入すらしていない。

アメリアは訓練による疲労。

魔術訓練はかなり過酷で、その上にテスト勉強もあったので、本当に死にそうになっている。もちろん安全マージンは保っているので、精神的な意味なのだが。

クラリスの方は、無事にテストは爆死。赤点の科目もあり、夏休みには補習もあるという。残念ながらこればかりは仕方ない。この反省を是非とも次回に活かしてほしい。

そんな様子をエリサはハラハラと見つめ、俺とエヴィは普通に食事を摂っていた。

「二人とも大変だな」

「エヴィは大丈夫だったのか？　テストの方は」

「ん？　平均よりもちょっと上ぐらいだな。まぁレイ、アメリア、エリサには敵《かな》わないが、個人的には満足してるな」

「なるほど。しかし、もう一学期も終了か」

「あっという間だったな〜」

本日の午前中に終業式が行われ、一学期は無事に幕を閉じた。

テストも滞りなく終わり、魔術剣士競技大会《マギクス・シュバリエ》の校内予選も無事に終了。

もちろん、明日からは夏休みという長期休暇に入るので、届け出を出せば実家に帰省してもいいことになっている。

しかし、今の段階で帰省するものはほとんどいないという。

それは魔術剣士競技大会《マギクス・シュバリエ》の新人戦と本戦が控えているからだ。校内での盛り上がりは最高潮になり、すでに他の学院でも出場者が確定している。

新人戦の校内予選ではアメリアは全戦全勝で抜けたが、アルバートもまたアメリアに一敗を喫したものの、それ以外は全勝して新人戦への出場を確定させている。

あれから色々とあったが、彼もまた前に進んでいるようだ。

それにアルバートとはあの場所でもよく会って話しているからな……。

そして、学内に存在する新聞部はすぐに号外を出して、今回の魔術剣士競技大会《マギクス・シュバリエ》の優勝候補を挙げた。

本戦の大本命はやはり昨年の覇者である、レベッカ先輩。

そして新人戦の優勝者予想は、アリアーヌ＝オルグレンだった。

アメリアは準優勝だと予想されていた。

俺はそれを見た瞬間、自身の血が滾《たぎ》るのを感じた。

大会というものは、予想通りでは面白くないだろう。

常にダークホースなどがいるからこそ、予想通りにいかないからこそ、華があるというものだ。

だからこそ、アメリアには勝って欲しい。

あのアリアーヌ＝オルグレンを打ち破って、魔術剣士競技大会《マギクス・シュバリエ》の新人戦の覇者になるのはアメリアだと、俺はそう信じている。

「さて、明日からは一日時間が取れる。運営委員の仕事も魔術剣士競技大会《マギクス・シュバリエ》まではあまりない。つまりは、アメリアを存分に鍛えることができるということだ」

俺がそういうと、隣に突っ伏しているアメリアの身体《からだ》がビクッと反応する。髪の毛も天を衝《つ》くようにピンと上がる。

「と、言いたいところだが。みんな、明日は時間があるだろうか」

「私は……大丈夫だけど……」

「俺も大丈夫だぜ？」

エリサとエヴィがそう言ってくれる。

一方で、突っ伏しているアメリアとクラリスも右手をスッと挙げて、大丈夫という意思を示してくれる。

ならば、明日することは決まっている。

「いい機会だから、是非ともみんなを師匠に紹介したいと思ってな」

「師匠って、誰のことだ？」

「俺が医務室にいた時にすれ違ったと思うが、金色の髪をした女性だ」

「あぁ！　あのスゲェ、美人さんか！」

「まぁ……見た目はそうだな。それで、紹介の件はいいだろうか」

「そうだな。俺は全然大丈夫だぜ！」

「私も……ちょっと緊張するけど……いいよ」

アメリアとクラリスもスッと再び右手を挙げる。

よし、ということで明日はみんなで師匠に会いに行くことになった。

これはもともと考えていたことだが、是非とも俺は師匠に伝えたかった。俺はこの学院で、こんなにも大切な仲間に出会うことができたのだと。

きっと師匠は心配しているに違いない。

師匠は確かに厳しい人だ。俺はそれはもう、厳しく育てられた。

それは魔術的な意味でもそうだが、人間としても俺は師匠にたくさんのことを教えてもらった。そんな中でも、師匠の教えには愛情があった。

全ては俺のためになるように、という意志が感じ取れた。

だからこそ、俺はそんな彼女を尊敬している。

そして俺たちは翌日に、師匠の元に向かうのだった。

第四章　水着でパラダイス？

リディア＝エインズワース。

その名前は、魔術師の世界では尊敬と畏怖を込めて覚えられている。

自分にも厳しく、他人にも厳しい。厳格であり、どこまでも真面目。

それこそが、彼女の姿だとそう思っている者は多い。

しかし、彼女はある一点だけだが、欠点と呼ぶべきものを持っている。


「なに⁉　レイからの手紙だと⁉」


彼女の大きな声が、屋敷《やしき》内に響く。

「はい。先ほど、届きました」

カーラはリディアに手紙を渡す。それは、レイから送られてきたものだった。それを聞くと、リディアの声のトーンは数段上がる。

「は、早く見せてくれ！」

——そう。その欠点とは、親バカということである。

軍人時代から片鱗《へんりん》はあった。しかし、レイとずっと一緒にいたということもあり、彼女は彼に対して厳しく接し続けてきた。

そしてついに、別れて暮らすことになった時に……リディアの胸中に残ったのは、寂しさだった。

それからはレイの動向を逐一チェックしている。学院にいる時も、カーラにレイの動向を探るように依頼する時もある。

そんな自分の行動を、おかしいとはまだ彼女は気がついていない。

レイの親代わりでもある彼女にとって、レイは息子のようなもの。心配するのは、当然だろうと思っているのだ。

一方のカーラはといえば、完全に主人の言動はおかしいと理解しているが、敢《あ》えて言うことはない。それがメイドという立場であると理解しているからだ。

「こちらになります」

そっとレイからの手紙を渡すと、リディアはそれをバシッと奪い取る。

「なになに……今週末に、私の家に来るだとっ！　む。どうやら、その時に友人を紹介したいと書いてあるようだな。カーラ、もてなしの準備は間に合うか」

「はい。もちろんでございます」

「それに、うちの家の近くの川で泳ぎたいとも書いてあるな。私の水着は確か――」

「古いものしか、こちらにはございませんが」

「よし。新しいのを買いに行こう」

それはすぐに出た言葉だった。レイの友人が来ることもそうだが、何よりもレイの前では尊敬できるカッコ良くて、麗しい師匠でいる必要がある。

そのため、水着を新調するのは当然の判断だった。

「では今からいくか」

「分かりました」

カーラがリディアの急な要望を受け入れて、二人はさっそく中央区へと水着を買いに出かけるのだった。


「さて、どれにするか」

カーラに車椅子を押してもらい、リディアがやってきたのは水着を取り扱っている洋服店だった。今は時期ということもあり、水着も販売しているのだ。

「どれがいいと思う、カーラ？」

「そうですね。レイ様の好みは、私には分かりかねますが……」

「べ、別にレイの好みでなくともいい！　ただちょっとその……可愛《かわい》らしいのは、どう思う？」

チラッと様子を窺《うかが》うようにして、カーラを見上げるリディア。そんな主人の様子を見て、カーラは表情には出さないが……内心で、可愛い。と思っているのだった。

「そうですね。可愛い系もお似合いだと思いますが」

「そ、そうか⁉」

明らかに嬉《うれ》しそうな表情を浮かべている。

昔からのイメージもあり、今までは可愛らしいものには興味がなかったリディアだが、最近は何を思ったのかそっち方面にも興味が出てきたようだ。

といっても、本人は決してそのことを認めようとはしないのだが。

そうして試着でもしようとしていると……見知った顔がちょうど現れるのだった。

「あれ？　もしかして、リディアちゃん？」

彼女のことを、ちゃんという敬称で呼ぶ人物は一人しかない。

キャロル＝キャロライン。

いつものように胸元が大胆に開いた服装に、腰の位置がかなり高いミニスカートを穿《は》いている。それに桃色の髪も、緩やかに巻かれていて大人の色香が漂っている。

「げ……キャロル」

　レイと同様に、リディアもまたキャロルのことは苦手である。昔馴染《むかしなじ》みで、実際は仲が良い方《い》ではあるのだが、やはり苦手という意識は拭えていない。

「えー！　奇遇だね～☆　なになに？　水着？　水着を見にきたの～☆」

　ぐいぐいと近寄ってきて、キャロルはニコニコと笑いながらリディアのそばまでやって来る。もちろん、メイドであるカーラはすぐに後ろに控えた。

「ま、まぁ。私だって、水着くらい買いに来る。文句あるのか⁉」

　すぐに喧嘩腰《けんかごし》になってしまうのは、昔からの癖である。それに、軍人時代のリディアをよく知っているキャロルに水着を買いに来ている姿を見られるのは、妙に気恥ずかしかったのだ。

「ないけど～？　でも、どうして買いに来たの～☆」

「べ、別に私だって泳ぎたい時くらいある！」

「でも、リディアちゃん。今は泳げないでしょう？」

「う……そ、それはっ！」

「もしかして、レイちゃんが遊びに来るとか？」

　瞬間。リディアの顔が真っ赤に染まっていく。

　その反応を見て、キャロルはニヤリと笑う。

　元々、キャロルはリディアが親バカだということを知っている。そのため、水着を買うということは誰かに見せるということから、レイがやってくるのだろうと推測したのだ。

「へぇ。レイちゃんが来るんだぁ。それで水着を新調しようかな、ってところかな〜☆」

「う……うぐ。そ、そうだが何か悪いのかっ⁉」

もはや開き直ることしかできないリディアは声を荒らげる。だが、それはいつものような勢いが全くといっていいほどなかった。

「よし！　今回は特別にキャロキャロが選んであげるよっ！　男受けする水着は、よ〜く知ってるからねぇ〜☆」

「ぐ……うぅ……」

迷う。

リディアは、キャロルのセンスは評価している。そもそも、キャロルがファッションに通じているのは彼女も認めるところだ。

だがここで変に力を借りてしまっては、後々面倒なことになるのでは……そう考えているが、もはや背に腹は代えられなかった。

「今回ばかりは、お前の力を借りることにしよう……」

「いいよ〜☆　た・だ・し、私も一緒に行ってもいいよね〜？」

「し、仕方あるまい」

その要求はすでに予想していたものだった。本当は、キャロルなど呼びたくはなかったが……知られてしまったものは仕方がない。それに、ここで拒否しても絶対にキャロルはやってくる。

そんな面倒な女だということを、もうかなり昔から知っているリディアは諦めるしかなかった。

◇

翌日の昼。

俺たち五人は師匠の家に向かっていた。

そんな中でも一番ウキウキしていたのは、アメリアだった。

「うわぁ。みて、みて！　すごい！　景色が綺麗《きれい》！」

「西の方には来ないのか？」

俺は馬車の中でそう尋ねてみた。

「うん。あまりこっちの方には来ないわね。それに森の方になると特にね」

「それにしても、今日は楽しそうだな。訓練が休みになって嬉しいのか？」

「当たり前じゃない！　もう本当にあの訓練は地獄だわ……」

瞬間、アメリアの目が死んだ魚のようになるが、まぁわからんでもない。

エインズワース式ブートキャンプの過酷さは俺も身をもって体験しているからな。と、色々とみんなで会話を繰り広げていると馬車が指定の場所に到達。

料金を支払うと全員で森の中を進んで行く。

夏真っ最中で、周囲の木々には数多くの蟬《せみ》が止まっている。

その鳴き声が森の中で反響するも、それは決してうるさいと感じるほどではなかった。むしろちょうどいいくらいだろう。

しかし、ククク……。

アメリアのやつは完全に訓練が休みになったと思い込んでいるようだ。連日訓練が休み？

そんなわけがないだろう。

アメリア訓練兵もまだまだのようだな。もちろん、この先に待っているのは訓練に決まっている。と言っても、もう訓練も佳境。

大会も近いことから、あまり激しく追い込むことはしないが……それでも、この場所ならではの方法で鍛えようと思っている。

アメリアのやつ、きっと驚くぞ……ふふふ。

「ふふふ……」

「う、うわっ！　どうしたのレイ？」

俺が急に笑うものだから、驚いてしまったのだろう。訝《いぶか》しそうに、じっと見つめてくる。

「いや、なんでもないさアメリア。いい休日になるといいな」

「うんっ！」

心からの笑顔である。

しかし数時間後、これは歪《ゆが》んでいることになる。

俺は決してアメリアを追い込みたくはない。

でも仕方のないことなのだ。

俺も訓練時代は師匠に休みだから出かけよう、と言われなぜかジャングルでサバイバルをしていたこともあった。

そう。世界とは非情なのである。

こうして油断している時が一番危険なのだと、教える必要がある。

「ククク……」

「だから、それは何なの！」

そうして五人で歩みを進めていると、師匠の住んでいる洋館へと俺たちはたどり着いた。

すでにあらかじめ今日の昼にやってくることは伝えてあるので、俺は扉をコンコンとノックする。

すると、十秒もしないうちに扉がギィイイと音を立てて開いた。

「レイ様。それにご友人の皆様も、よくおいでくださいました」

「カーラさん。ご無沙汰しております」

「はい。すでに主人は中でお待ちになっています」

「わかりました。みんな、行こう」

アメリアはこの手の屋敷に慣れているようで緊張している様子はなかったが、それ以外のメンバーは少し緊張しているようだった。

「大丈夫だ。師匠はいい人さ」

玄関を抜けて、奥の方にある部屋に向かう。

そして車椅子に座った師匠が俺を見つけると自分で車椅子を動かしながら、俺の方へとやってくる。

今日は機嫌がいいのか、すでに満面の笑みを見せていた。相変わらず、見た目だけは麗しい人だ。

「レイ！　元気だったか！」

「はい。師匠」

「おぉ。また背が伸びたか？」

「いつも言っていますが、伸びてませんよ」

「ははは、そうだな。で、今日は友人を連れてきたんだろう」

「ええ。学院でできた、かけがえのない友人たちです」

そうして俺は師匠にみんなを紹介するのだった。

師匠は今日も今日とて、美しい。

今日は夏服を着ており、半袖から見える腕は、真っ白でまるで透き通るようだった。

それに髪もアップにして、後ろの方で綺麗にまとめている。

はっきり言って、かなりの美貌だ。

美貌だけは……まぁ、すごい。

しかし、髪をまとめるのは師匠には絶対にできないので、カーラさんにやってもらったのだろう。

そんな師匠はやはりとても機嫌がいいようだった。

こんなにもニコニコと微笑《ほほえ》んでいる師匠は、本当にいつぶりだろうか。

でも俺が大切な友人を連れて来たということで、こんなにも喜んでくれるのなら俺としても嬉しかった。

あの時も思ったが、師匠はやはり分かっていたのだ。

俺にとって学院がかけがえのないものになると。

極東戦役での負傷は、未《いま》だに残っている。それは肉体的な面でもそうだが、精神的な面でも同様だ。

でも、俺はこの友人たちと共に、これからも学んでいく。

そしてきっと、師匠の教えとはまた違った、人としての在り方を、もう一度学ぶのだろう。

と、そんなことを改めて思いながら俺はみんなを紹介するのだった。

「じゃあ、エヴィから頼む」

「おう！」

そう言って少しだけ前に出ると、エヴィは大きな声で自己紹介をする。

「エヴィ＝アームストロングと言います！　レイとは寮で同室で、仲良くさせてもらっています！」

「私は、レイの師匠のリディア＝エインズワースだ。しかし、ほう……お前があのエヴィか。レイからの手紙で聞いているが、でかいな」

「わかります？」

「あぁ。私もレイは徹底的に鍛えたが、お前もまたいい筋肉を持っているようだ。これからも励め。そしてレイの良い友人となってほしい」

「もちろんです！」

どうやらエヴィは気に入ってもらえたようだった。

師匠は今となっては車椅子での生活を余儀なくされているが、過去には女性とは思えないほどの筋肉を蓄えていた。もちろんそれは男性と比較すれば劣ってしまうが、彼女は他人への厳しさよりも……自身への厳しさの方が苛烈だった。

だからこそ、エヴィのトレーニングの成果を認めているのだろう。

そして次は、エリサの番だった。

「あ……その……え、エリサ＝グリフィスです！　そ……その、ハーフエルフです!!」

「なるほど。別の意味で、でかいな」

「……え？」

「いや。なんでもないさ。しかしハーフエルフか。レイの良き友人になってほしいが。まぁ、お前は合格でいいだろう」

「え？　え？」

「ふ。天然なところも加点だな」

「そ、そうですか……？　あ！　あとその……お聞きしたいんですが……」

「どうした？」

エリサにしては珍しく、もう少し踏み込んだ会話をしてみるようだった。

彼女は人見知りなので、師匠との自己紹介は早めに切り上げると思っていたが……エリサは一冊の本を取り出すと、それを師匠に見せながらこう尋ねるのだった。

「さ、さっき、お名前をお聞きしましたけど……エインズワースって——」

「あぁ。なるほど。お前は研究者としてのエインズワースのことを聞きたいのか？」

「は……はいっ！　も、もしかして？」

その目には明らかに期待の色があった。

そういえば、エリサは研究者のエインズワースのファンだと言っていたのを、俺は思い出していた。

そうか……それなら先に言っておけばよかったな。

最近は色々と忙しくて完全に失念していた。

実際に会ってピンときたのか、エリサは思い切って尋ねることにしたようだ。

「二重コード理論なら、私が発見した。そして今も、エインズワースという研究者名で活動している」

師匠がそう言った瞬間、エリサの目が大きく見開かれる。

そして今までよりも大きな声で、さらに会話を続ける。

「……！　こ、この本も書いたんですか……！」

「ん？　あぁそうだな。懐かしいものだ。しかしそれは論文を適当にまとめたものだが、学生でよく読もうと思ったな。内容としてはドクターに近いが」

「そ……その！　これ！　す、すごくてっ！　えっと、その……ファンです！　サインください！」

エリサはとうとう頭を下げて、その本を師匠に手渡し始める。

すると師匠はふふ、と微笑みながらカーラさんに声をかける。

「カーラ。ペンはあるか？」

「はい。ここに」

師匠はいつのまにかカーラさんが用意していたペンを持つと、その本の一ページ目にサインをさらさらと書いていく。

なんでも師匠のファンは一定数いるようで、学会に行くとサインを求められることも多々あるらしい。

「エリサ＝グリフィスで合っているか？」

「は……はい！」

「よし。では、貴重なサイン本をやろう。サインをしない時の方が多いが、今日は大変に気分がいいので、特別だぞ？」

「ふ、ふわあああ！」

サイン入りの本を受け取ると、エリサは全身が痺《しび》れてでもいるのかブルブルと震えて、そのままぺこりと頭を下げて後ろの方に下がっていった。

そしてそのサインを食い入るようにして、じっと見つめ続けている。

なんというか……エリサの意外な一面を見ることができたな。

「こ、この後で自己紹介ってやりにくいわね」

そう呟《つぶや》きながら前に出るのはクラリスだった。

緊張している様子で、ツインテールにも少しだけ元気がないようだが。

意を決して、彼女は口を開く。

「く、クラリス＝クリーヴランドでっしゅ！」

（あ、噛《か》んだ）

全員の心のうちが完全に一致した瞬間であった。

「ふふ。面白いな、お前」

「そ、そうですか⁉」

「あぁ。そのツインテールもよく似合っている。それにクリーヴランド家の当主とは実は知り合いでな」

「え⁉　そうなんですか？」

「あぁ。お前の父親はあれだな。娘にべったりだな」

「ははは。まぁそうですね……」

「で、ハンターになりたいのか？」

「え。なんでそれを……？」

クラリスがこちらをチラッと視《み》るが、俺は首を横に振る。

これまでクラリスには俺の師匠に関してあまり詳細を説明していなかったが、特に彼女が尋ねてくることはなかった。

彼女にもまた、機会があれば俺の過去を話したいと思っているが……。

また逆に、クラリスのことも別に師匠には伝えていない。

別のルートからその情報を入手したのだろう。

察するに、そのクリーヴランド家の当主から。

「あいつから相談を受けたことがあったのさ。娘がハンターになりたいと言っている、とな」

「そ、そうでしたか」

そして、クラリスのツインテールはしゅんと下を向いてしまう。おそらく家族にはすでに反対されているのだろう。

だからこそ、師匠にも否定されてしまう……そう思っているに違いない。

だが、次の師匠の言葉は、そんな彼女の思いをいい意味で裏切るものだった。

「女性でも白金級《プラチナ》のハンターになっている奴《やつ》を知っているか？」

「レイが言っていましたけど、もしかして？」

「それは私だ」

師匠はその豊満な胸の間に挟んでいたカードをスッと取り出す。

何故《なぜ》そんなところに……と言いたいところだが、まぁ野暮というものだろう。

「え……!?　ほ、本当に……!?」

「そうだ。今はこんな姿だが、昔はハンターとしても活動していた時期があってな。レイは私が育てた」

「ふふえええええええ……」

目が点になるというのはこういうことを言うのだろう。

クラリスは完全に呆然《ぼうぜん》としている。

「それを踏まえて言うが、貴族の娘だから、女だからといって、ハンターになれない道理はない。お前には選択肢がある。ハンターになるのか、ならないのか。別にそれ一本で生きていく必要もあるまい。ハンター免許《ライセンス》を取るだけでもいい。大事なのは、その一歩を踏み出すことだ」

「一歩を踏み出すこと、ですか」

「幸い、お前にはレイがいる。あいつは私が徹底的に育てた。学院で色々と聞いてみるといい」

「わ、分かりました！」

ぺこりと頭を下げると、嬉しそうな顔でこちらに戻ってくるクラリス。

どうやら師匠との対面がいい機会になったようで、俺としては嬉しかった。

そして最後はアメリアだが、そういえば、師匠と面識があると聞いている。

「アメリア＝ローズです。ご無沙汰しております」

「あぁ。パーティーで何度か顔を合わせたな」

「はい」

「ふむ。前よりも陰は薄くはなっているが、まぁ、若いな」

「？　何のことでしょうか？」

本当に心当たりがないようで、アメリアはきょとんとした様子で師匠にそう尋ねる。

「いや。別にいいさ。それはお前が向き合うことだ。さて、最近はエインズワース式ブートキャンプに励んでいるようだな」

「……はい」

そう聞くと、アメリアは苦虫を嚙み潰したような顔になる。しかしまぁ……絶賛継続中なので、嫌な記憶が想起されたのだろう。

この後も……ククク、アメリアの歪む顔がありありと浮かんでくるようだ。

ふふふ……。

いや、別にアメリアをいじめたいわけではない。

ただ驚く顔が見てみたいだけだ。

それだけだ。決して他意などはない。あの当時の師匠の気持ちが分かるなど、思ってはない。

そして師匠はニヤリと笑いながら、アメリアにこう告げる。

「どうだ？　きついだろう？」

「正直、死ねます……」

「ははは！　そうだな！　しかしレイは八歳であれをこなしているぞ！　ははは！」

「それは、本当にやばいですね」

「あぁ。最高にイカれているとも……ククク」

なぜか俺が非難されているようだが、アメリアと師匠の会話が弾むのなら別に良かった。

そしてアメリアと師匠はなぜか別室に行き、俺たちはこのリビングでカーラさんの手料理をいただくことになった。

◇
「その……話ってなんでしょうか？」

「まぁとりあえずは座れ。話はそれからだ」

　自己紹介の後、私だけがリディアさんに呼ばれて彼女の書斎に通された。

　他のみんなはリビングで食事をしているみたいだけど、私はなぜかちょっと来て欲しい、と言われた。

　そして、彼女は机の上にある書類の山を端に退けると私の目をじっと見つめてこう告げた。

「頑張っているようだな」

「なんのことですか？」

「さっきも言っただろう。訓練のことだ。レイのことだから、色々と無茶をしていると思うが、そこは大目に見て欲しい。と言っても、本当に無理なことは絶対にさせてないだろう？　あいつは優しいからな」

「それは、そうですね」

要領を得ない。こんな話をする為《ため》だけに、私を呼び出したのだろうか。でもそんな私の考えはすぐに無意味なものとなる。

「さてアメリア＝ローズよ。どうやら、悩んでいるようだな」

「なんのことですか？」

とぼける。知られてはいけない。仮面を、仮面を貼り付けるのだ。

私はアメリア＝ローズであって、みんなの求めるアメリアを装う。

今までは周囲の貴族が求めるアメリアを演じてきた。

でも今は、仲のいい皆の求めるアメリアを演じるのだ。

レイ、エヴィ、エリサ、クラリス。

みんなが求める私は、強くて、気高くて、そして余裕を持っている人間だ。

だから私は今日も道化を演じる。

「これだ」

「それは？」

「手紙だよ。レイからのな。あいつはこうして時折手紙を寄越す。最近はただの近況報告だったが、君との訓練を始めてからどうにも、な」

「どうにも、とは？」

「アメリアが何かを隠しているのは分かっているが、踏み込んでいいか分からない――とのことだ」

「――ッ」

息を呑《の》む。

まさかレイがそんなことを考えていたなんて。

いや、彼が何かを感じているのは分かっていた。

でもまさか、そんな風に考えていたなんて夢にも思っていなかった。

せいぜい、訓練で疲れて大変だろうとか、もっと強さを求めたいとか、そんなことだろうと思っていたから。

「レイの過去は聞いただろう？」

「はい。極東戦役に巻き込まれたとか」

「そうだ。あいつの家系は調べたが、正真正銘、一般人《オーディナリー》の家系だ。でも、あいつには才能があった。私など優に上回る、いや、この世界でも最高の才覚を有していた。あいつは世界最高の魔術師になると、私はそう期待して育てた。しかし、レイは私のせいで魔術領域暴走《オーバーヒート》を引き起こして、今に至る。私の唯一の失敗は、あいつに人の心を十分に教えることが出来なかったことだ」

「人の心、ですか」

人の心か。

そんなもの、私にだってよく分からない。

「あぁ。初めて出会った時のレイはこの世の全てを諦めたような少年だった。でも徐々に人としての心を取り戻したが、まだ足りなかった。やはり、私たち軍人では教えることのできる範囲が限られてくる。それこそ、あいつは妙に大人っぽいというか、浮いているだろう？」

「それは、そうですが……」

レイは会った時からちょっとおかしいというか、本当に軍人みたいな人だった。妙に固い感じだし、礼節もしっかりとしているが、どこかちぐはぐな感じで。

「それが限界だった。私たち大人の、な。だから私はレイに学院に入ることを勧めた。そこで人の心を、そして大切な友人を作って欲しいと。そう思っていた。でも心配だったさ。あのアホが、まともに友人が作れるのか？　そう思っていたが、杞憂《きゆう》だったな。あいつは立派に、かけがえのない友人を見つけたようだ。そして、そんなあいつが人の心の機微を感じ取っている」

「……」

「アメリア＝ローズ。君の心のうちに何があるかなど、私は知らない。いやそれはきっと誰も知らない。君以外はな。決してそれを曝《さら》け出せとは言わない。ずっと心のうちに秘めたまま、一生を終えるのもまた、選択肢の一つだ。でも、悩み、苦しみ、解放されたいと、今の自分ではない何者かになりたいと願うのならば、友人を頼れ。余計なお世話だが、心に留めといてくれ」

「……はい」

そう言われて、私は呆然としたまま書斎から出ていく。

私もいつか、この気持ちを、この内心を、吐露できる日が来るのだろうか。

そんな日がやってきていいのだろうか。

◇

アメリアは師匠と何やら話していたようだが、二人が時間差で戻ってくるとそのままみんなで食事を楽しんだ。

カーラさんは何も、ケーキだけが得意なわけではない。

あらゆる家事に関して完璧。

だからこそ、この昼食も普段の学食とはレベルが格段に違い、本当に美味《おい》しく頂くことができた。

「ふぅ。美味《うま》かったな」

「マジでやばいな！　こんなに美味い料理は初めてだぜ！」

エヴィが興奮している中、エリサとクラリスも満足そうに食事について語る。

「めっちゃ、美味しかったわねっ！」

「うん……すごく美味しかったね！」

そんな中、アメリアはどこかぼーっとしており、俺は少しだけ心配だった。

「アメリア？　体調が優れないのか？」

「あ！　いや、その……訓練の疲れがね？」

「なるほど。それは仕方ないな」

「でも大丈夫よ！　だってこの後は」

そう。この後に待っているイベントは皆が楽しみにしているあれだ。

いや、クラリスは何かと文句を言っていたが、きっといざ始まれば楽しんでくれるに違いない。

ということで俺たちは外に出ていくのだった。

「おぉ！　気持ちいいな！」

「あぁ。この夏真っ盛りの中で、この水の冷たさは嬉しいな」

俺とエヴィは水着に着替えて、近くにある川にやってきていた。

今は浅いところで、水の中に足を入れているだけだ。

奥の方では滝が流れており、さらに深いところではしっかりと泳ぐこともできる。

そして中には魚もいるらしい。この川の水はとても澄んでいるように見えた。

それに木々の木漏れ日もちょうど良い感じに差しており、まさに水遊びするには絶好のタイミングだった。

「しかしエヴィ。今日もキレてるな」

「ふ。レイもいい感じじゃねぇか。あの細身からは想像もできないバルクだぜ」

「ふふふ……」

「ふふふ……」

俺たちは自然と向き合ってポージングを取っていた。

それはもちろん、そうすることでパンプアップするのも目的としている。筋肉を愛する者として、やはり見栄えは気にするからな。

俺とエヴィは今日に際して水着を購入したのだが、二人ともにブーメランパンツだ。

なぜならば普通の水着など着用してしまっては、脚のカットが隠れてしまう。

筋肉を愛するものは、この全てを表現しなければならない。

だからこそ、この逆三角形のブーメランパンツを水着として採用。

互いに迷う暇などなかった。

ふむ。今日もいいカットが出ている。

と、二人で筋肉での対話をしていると、女性陣も続々とやってくる。

先頭には車椅子をカーラさんに押してもらっている師匠の姿が見えた。

師匠はパレオタイプの水着で、上のビキニは真っ青なもので、下のパレオは水玉のものを着用していた。

　一方のカーラさんは、なぜか競泳用のものを着ていた……いや、美しいのだが、まさか競技経験者なのだろうか。

　いつもクールな人なので、相変わらず謎に包まれている……。

「おー！　二人とも、キレてるようだな！」

「は。師匠も美しいようで」

「俺もとても綺麗だと思います！」

「ふ。当たり前だな。しかし、レイとエヴィが並ぶと壮観だな。まさに筋肉の彫刻だ」

　褒められて嬉しくなり、俺たちはさらにポージングを続けていくも……後ろからはクラリスの大きな声が聞こえる。

「は⁉　え⁉　マジでレイなの⁉」

「いかにも」

「エヴィは分かるけど、あんたってマジで身体《からだ》どうなってるの？」

　まじまじと見つめてくるクラリスは、驚いているようだった。

「ふ。着痩せするタイプだからな」

「いやいやいや！　着痩せってレベルじゃないでしょ！　筋肉やば過ぎ！」

「それはありがとう。そして、クラリスもよく似合っている」

「う。嫌味？」

「いや。純粋な賛辞だ」

「それならいいけど、ふんっ！」

ぷいっと横を向くと、それによって彼女の華麗なツインテールもまた綺麗に靡《なび》く。

クラリスはいわゆるスクール水着を着ていた。

紺色のそれは確か、学院で指定されているものだ。

急な誘いで用意できないとかなんとか言っていたが、それでもクラリスの水着姿は美しかった。

スッと伸びる、身長の割には長い四肢。それに肌は真っ白で、日焼けの跡など一切残っていなかった。

おそらく、毎日のケアを欠かしていないのだろう。

女性のこういう面は純粋に尊敬する。

そして次にやって来たのは、エリサとアメリアだった。

「ううぅ……恥ずかしいよぉ……」

「大丈夫よ、エリサ。超可愛いから！　ぐへへ」

「私はアメリアちゃんが一番怖いよ！」

「だ、大丈夫。ちょっと、ちょっとだけだから。先っぽだけだから！　ぐへへ」

「うわあああーん！　怖いよおおおっ！」

鼻の下が伸びきったアメリアを振り切って、俺たちの方へやってくるエリサ。

ライトブルーの髪をアップにまとめ、上着を羽織っているものの……彼女のビキニタイプの水着は走った際によく見えた。

上下ともに真っ白な色のもので、まるでそれはエリサの純白な内面を示しているようだった。形容するならば、まさに大天使だ。

だが一つだけ。一つだけ、圧倒的な存在感を放っているものがある。

それはあまりにも偉大すぎて、直視することなどできない。

が、どうしてもこの視線が吸い寄せられるような、感覚。

俺を以《もっ》てしても、この誘惑には勝てない。

エリサのそれはもはや暴力であり、戦争を引き起こせるものであった。

何が、とは敢えて言及しない。

男がそれを口にしてしまえば、それこそ無粋の極みというものだろう。だからこそ、俺とエヴィが行う動作は同じだった。

「……」

「……」

拝む。

そして、祈りを捧《ささ》げる。

ただただ、礼拝をする。

この世に感謝を。エリサという大天使を生み出してくれてありがとう。

そんな賛辞を込めての、礼拝。

直立不動のマッチョ二人が、その圧倒的な存在に心を奪われたのだ。俺たちのこのバルクもまた、この存在の前ではただの塵《ごみ》にすぎない。

エリサのそれは、それこそ……全てを無に帰す。

「え⁉　ど、どうしたの……⁉」

「神はここにいたようだ」

「だな」

慌てている大天使エリサもまた、素晴らしい。

そんな風にエヴィと二人で拝んでいると、隣にいるクラリスがじーっとエリサを見つめる。

「でかい」

「え……？」

「でかいのよ！　ちょっと私にも分けなさいよ！」

「ふえぇぇぇ……」

エリサはただただ、戸惑っているようだった。

「うんうん。みんな可愛いわねっ！」

やって来たアメリアは、紅蓮《ぐれん》の髪をお団子にしてまとめており、そのしなやかに伸びている四肢が彼女の体のバランスの良さを際立てる。

プロポーションも最近の訓練で鍛えているからか、無駄のない筋肉がバランスよくついていた。しかし急にその目つきを変えると、ボソボソと何かを呟き始める。

「ふふ。くふふ。エリサも可愛いし、クラリスも可愛いっ！　あぁ！　今日はなんて素晴らしいのかしらっ！」

　発言はともかく髪の毛と同じ、紅蓮の色をした水着を着た彼女はとても美しい。

　そのビキニタイプの水着、特に上半身は大天使エリサに負けず劣らずの素晴らしさである。

「ちょっと男ども！　私と反応が違うんだけどっ！」

　クラリスがツインテールを逆立てながらそう怒号をあげるので、ちらりとそっちを向くと俺とエヴィはそんな彼女を優しくフォローする。

「大丈夫だ、クラリス。成長は人それぞれ。焦ることはない」

「そうだな！　きっといいことあるぜ！」

「いやそこはポーズでもいいから、私も拝みなさいよ！」

　抗議の声を上げるが、こればかりは率直に話をするしかない。

「クラリス」

「な、何よっ！　ちょっと筋肉がすごいからって、私はビビらないわよっ！」

　俺はスッとクラリスに近づいて、その小さな肩に優しく両手を置く。

「それはできない。なぜならば、これは心からの賛辞の時しかできないからだ。嘘《うそ》であっても、それは許されない。だから俺たちは君の成長を祈っている。きっとクラリスも将来はさらに素晴らしい女性になっている」

「……ま、まぁそういうならいいけどっ！　べ、別に気にしていないけどねっ！」

顔を真っ赤にしながら、プイッと横を向くクラリス。すると後ろからひっそりと忍び寄っていたアメリアがそんな彼女に抱きつく。

「ちょ!?　アメリア!?　どうしたの!?」

「クラリスの体もいいわねぇ」

「え!?　だ、誰なの……!?」

「ぐへ、ぐへへ。ふふふ……」

「い、いやああああああ!!　何か危機をっ!!　危機を感じるううううっ!!」

明らかに別人と化したアメリアが容赦なくクラリスを襲う。

ベタベタと体を触っていき、クラリスが逃げようとするも俺が教えた体術で完全にクラリスを固めてしまうとそのままニヤニヤと笑いながらその肢体を堪能《たんのう》している。

まぁ、同性だからセーフだろう。

「ふむ。どうやらアメリアは女性の体に興味があるのか」

「う、うん……私もいっぱい触られたよぉ……」

「なるほど。しかしエリサ。君は美しい。その天使のような美しさを前にすれば、異性同性はきっと関係ないのだろう」

「……あ、ありがと……」

エリサもまた、顔だけでなく全身を真っ赤にして下を向いてしまう。そうしていると、師匠が大きな声をあげてくる。

「おーいレイ！　私も褒めろ！　私も綺麗だろ！」

「まぁ、師匠は綺麗ですが」


（中身がゴリラなので、大天使エリサと比較するのもおこがましいだろう）


と、小声でそう呟くと師匠は俺に向かって魔術を行使してきた。

それはまさにノータイムであった。

《第一質料《プリママテリア》＝エンコーディング＝物資《マテリアル》コード》
《物資《マテリアル》コード＝ディコーディング》
《物資《マテリアル》コード＝プロセシング＝減速《ディセラレーション》＝固定《ロック》》
《エンボディメント＝物資《マテリアル》》

結構マジなやつで、俺の脳天を貫くようにして巨大な氷柱がこの場に顕現する。

とっさにその魔術に使用されたコードを理解する。

これは本気のやつである。先代の【氷剣の魔術師】の実力をフルで発揮している。

これは、避《よ》けるべきかッ⁉　いや、対物質《アンチマテリアル》コードかッ⁉

が、間に合うわけがない。これは――死‼

そして俺は自身の内部《インサイド》コードを本気で走らせて、川に飛び込むようにして、飛《と》び退《の》く。ギリギリ。

本当のギリギリのところで、その攻撃を回避する。

冷や汗と髪から大量の水滴を垂らしながら、じっと師匠を見つめる。

「は？　誰がゴリラだ？　殺すぞ、あ？」

「師匠は裏表のない美しい人です！」

「だろう？」

「はいっ！」

ニカッと歯を見せて、今まで生きてきた中でも最高の笑顔を生み出す。

きっと俺は生涯、この作り笑顔を超えることはできないだろう……そう自負するほどに、俺は身の危険を感じていた。

そして俺たちは、川辺でのひとときを楽しむ。

師匠のあれはマジで当てる気だった。

いや……マジで……。

これからは余計なことを言うべきではないと改めて心に誓うのだった。

そうして、満を持して川に入ろうとすると、俺はこの視界にあり得ないものを見つけてしまう。


「やっほ～☆　キャロキャロがきたよ～！」

「ふむ。水着は久しぶりだが、悪くないな」


それは、キャロルとアビーさんだった。

アビーさんは、フリル装飾の多いビキニを身につけていた。淡いブルーのその水着はとてもよく似合っていた。何よりも、アビーさんは脚が長い。しなやかに伸びるそれは、とても魅力的だった。

ただし、胸に関しては……その。あまりボリュームはない。昔からそのことは愚痴を漏らしていたが、あまり突っ込むべきではないだろう。

キャロルの方は、いつもの服装と同様でかなり派手な水着を着ていた。

胸がこぼれそうなサイズのビキニ。

髪の毛と同じ、桃色をしたその水着の破壊力は抜群だった。

出るところは出ていて、引っ込むべきところはきれいに凹《へこ》んでいる。

おそらく、この場にいる女性の中で最も魅力に溢《あふ》れているのはキャロルだろう。

俺は確かに、キャロルが苦手だが……これればかりは認めるしかない。

エヴィと俺は、その艶《あで》やかな姿に茫然《ぼうぜん》となるばかりだった。

「えへへ～☆　レイちゃんっ！　来ちゃったっ！」

「ちょ!?　抱きつくな！　暑苦しい！」

「え～☆　いいじゃ～ん！　だって、どうせ水に入るんだし～」

タタタと走ってくると、あろうことか思い切り抱きついてきたキャロル。否応《いやおう》なく、そのボリュームのある圧倒的な胸が押し付けられる。

と、次の瞬間。キャロルを起点にして、氷柱がその場に生み出される。

ヒョイッとそれをかわすと、くるりと振り向く。

「リディアちゃ～ん☆　もしかして、嫉妬かなぁ～？　かな～？」

「レイから離れろっ！　思えば、お前は昔から——」

　その場で激しい口論が繰り広げられる。その様子を懐かしいなと思っていると、アビーさんが近づいてくる。

「レイ。お前も大変だな」

「アビーさん。どうして、ここに？」

「あぁ。キャロルに誘われてな。どうやら、キャロルは今日レイがここにくるのを聞きつけたらしい。リディアが許可するとは思えないが、おそらく何か取引があったのだろう」

「そうですか。それにしても、水着。よくお似合いです」

「そうか？」

「ええ。アビーさんは、昔から美しいままです」

「はは。その言葉、しっかりと受け取っておこう。この年になると、褒められることもあまりないからな」

　その後、みんなにはキャロルとアビーさんとは昔馴染みということを説明した。クラリス以外は、俺の過去について知っているのですぐに理解してくれた。

　クラリスは、「レイの交友関係は謎だわ」と言っていたが、とりあえずは理解してくれたようだった。

　俺たちは、それから川で遊び始める。冷たい水はこの灼熱《しゃくねつ》の下では心地よく、とても気持ちのいいものだった。

　俺とエヴィは、川の深いとこで素潜りをして、素手で魚をとることに熱中していた。一方で、アメリア、エリサ、クラリスの三人はなぜか鬼ごっこをしていた。アメリアが鬼で、だらしない顔をしながら二人を追いかけていた。

そして、二人を確保すると水の中で何やら妖《あや》しい手つきで触っているようだったが……まぁ、楽しそうなのでよしとしよう。

師匠、アビーさん、キャロルの三人はパラソルを設置してその下で談笑をしていた。それによく見ると、どうやら真昼から三人ともに酒を飲んでいるようだった。

師匠とキャロルはよく昔からアルコールを好んでいたが、アビーさんも飲んでいるのは新鮮だった。

しかし、明らかにキャロルの飲んでいる量が多い気がした。カーラさんも大量の酒を持ってきて、それを注いでいる。ずっと見ていたわけではないが、素潜りから上がるたびにその顔が赤く染まっているのだ。

キャロルは酒癖がかなり悪い。そろそろ注意した方がいいだろう。

そう思っていると、どうやら……遅かったようだ。


「レイちゃ～ん！　ちょっときれよぉ～☆」

呂律《ろれつ》の回っていないキャロルの声が聞こえてきた。

ど、どうしてアビーさんがいながらこんな状況に？

しかしそれは、その場にたどり着くとすぐに分かってしまった。

「うぅ。私だってなぁ……そろそろ結婚したくてなぁ……」

「おいおい。泣くなよ、アビー。ほら、もっと飲め」

「うぅ……飲む」

地獄絵図。

まさにこの場は、アルコールに支配されていた。俺はその場にいるカーラさんに思わず尋ねてしまう。

「カーラさん！　どうしてこんなにも酒を与えたのですかっ！」

「三人ともに、久しぶりに積もる話があるということでしたので」

「ぐっ……それにしても——って、うわっ」

グイッと後ろから思い切り肩を摑《つか》まれる。そして、ふわりとしたものが背中に触れる。

「えへへ～。レイちゃんだぁ～。ギュッてしてあげる～☆」

再び押し付けられる、その大きな双丘《そうきゅう》。

あまりにも弾力のあるそれは、もはや暴力に等しいものだった。

いつもならばここで、師匠かアビーさんの介入があるのだが、完全に二人とも酔っていてふらふらとしている。

そして、そんな様子を心配したのか。近くに、女子三人とエヴィがやってくる。

しかし、それはあまりにも危険。俺はすぐに声を荒らげる。


「まずい！　は、離れろっ！」


だが、その言葉はどうやら遅かったようだ。

「えへへ～。今日くらいは、パーッといこうよ～☆」

あろうことか、キャロルはその場で魔術を発動。酔ったときのキャロルが発動する魔術は、衣服を脱がせるというもの。こいつは酔っ払うと、自分だけでなく周囲も脱がしにかかってくる。

そして、この場に最悪の世界が生まれてしまう……。


「「「きゃ――――――――――!!」」」

響く三人の声。その場で、アメリア、エリサ、クラリスの水着は問答無用に剝がされてしまう。一方で俺とエヴィは無事だった。どうやら、酔っぱらったキャロルはこの三人を標的に選んだようだった。

しかし、目の前で広がる肌色の世界。

アメリアのバランスの良いもの。
エリサの圧倒的なサイズのもの。
クラリスの程よいサイズのもの。

それらが否応なく視界に入ってしまう。とても綺麗で美しいとは思う。だが、この場にいる俺とエヴィはもはや、ただでは済まないだろう。

冷や汗が流れる。

そして、運が悪いことに、クラリスが足を躓《つまず》かせてぐらりと倒れ込んでしまう。

その正面にいるエリサも巻き込まれるようにして、倒れ込む。アメリアもまた、そんな二人に巻き込まれてしまい、まるでドミノ倒しのように転倒していく。

俺はちょうど、アメリアの目の前にいたので全員を受け止めようとするが、流石《さすが》に完全に受け止め切ることは厳しく、その場で四人でもつれるようにして尻餅をつく。

「いてて……」

「う……ご、ごめん！　私が倒れちゃったから！」

「いや、エリサのせいじゃないわよ……って、え？」

そう。俺は下敷きになっていたのだが、すでに水着が取れている三人の柔らかい体が否応なく押し付けられていた。

その中でも、アメリアとエリサの大きな双丘が否応なく触れていた。クラリスの小さな臀部《でんぶ》もまたちょうど俺のお腹に乗っていた。

率直な感想としては、柔らかいと感じた。しかしそれは、決して言葉にしてはならない。そうして、今の事態に気がついた三人は再び悲鳴を上げるのだった。


「「「いやあああああああああ――――!!」」」

エリサは恥ずかしそうに俺のことをじっと見つめ、アメリアとクラリスはキッと鋭い目つきで睨《にら》み付けていた。全員が腕を使って体を隠しているが、その感触は未だに確かに残っている。

「も、申し訳ない。決してわざとではないのだが」

そう言葉にするが、その視線が緩むことはない。

「うぅぅ……恥ずかしいよぉ……」

「もう、レイってばまたなの⁉　前に買い物に行った時も下着を見られたし、うううううううっ！」

「勘違いするんじゃないわよっ！　私だってめちゃくちゃ恥ずかしいんだからねっ！　うわあああんっ！」

エリサ、アメリア、クラリスがそれぞれ苦言を呈するが俺としてはどうすることもできなかった。


その後。

俺とエヴィはほっぺにビンタされるだけで済んだ。それはあまりの恥ずかしさに暴走したアメリアとクラリスのものだった。もちろん、互いにそれは受け入れておいた。

一方でキャロルはその場で気絶するようにして眠っている。どうやら、魔術を発動して満足したみたいだった。

そして、大人たちはすっかり出来上がってしまったので、俺たちは自分たちだけで遊ぶことにした。

川で水遊びをして、エヴィと二人で取った魚を串に刺して焼いて食べたりもした。

そこでは数多くの笑顔が溢れていた。

俺もまた、自然に笑い合うことができていた。

ふと師匠の方を見ると、酔いに頬を染めながらもこちらを微笑ましい顔で見つめている。

自分のこんな様子を見られるのは、少しだけ気恥ずかしかったが……とても楽しい時間を過ごすことができた。

また最後にはアメリアと訓練を兼ねて遠泳をした。「もういやああっ！」と言って嫌がってはいたが、有無を言わさずやってもらった。全体的にとても満足のいく一日だった。

第五章 きっと私は、ここにいる

早朝。現在の時刻はちょうど五時。

いつもならばアメリアと訓練をしているが、今日はいつもの時間ではなかった。

指定した時刻は五時四十五分。そこでアメリアといつもの場所で会うことになっている。

俺は普段通りにスッと目を覚ますと、少しだけストレッチをして体をほぐす。

そして軽くシャワーを浴びて、覚醒を促すといつものように訓練着に着替える。

そのまま洗面所に行ってから歯磨きをして、髪を適当に整えて完成。

「よし……後は……」

俺は二人分のウエストポーチを用意する。

いつもならこんなことはしない。

しかし今日やる訓練は、レンジャー訓練の修了がかかっているのだ。

正式なものではないとはいえ、アメリアはエインズワース式ブートキャンプを短期間でかなり仕上げてきた。

脱走したり、サボろうと試みたり、嫌がったりなどなど……色々あったが、彼女はここまでついてきたのだ。

正直言って、途中で彼女が挫折してしまうことも視野に入れていた。その時は訓練メニユーを軽くして、魔術剣士競技大会《マギクス・シュバリエ》へ臨むつもりであった。

でもアメリアは俺の訓練を完全にやりきったと言っても良いだろう。

肉体強化の訓練も無事に修了した上に、魔術強化の訓練もほぼ終えた。

残りは俺が最後に課す修了試験だけだ。

すでに魔術剣士競技大会《マギクス・シュバリエ》も一週間後に迫っている。

それぞれの出場者はきっと、今は調整の期間に入っていることだろう。

だがもちろん、ここで手を抜くことなどはしない。

アメリアには本気でやってもらうし、俺もまた本気で臨む。

俺は知っていた。

アメリアは悩んでいると。

そして、師匠の家から帰るときに去り際に師匠にこう言われた。


「レイ。アメリア＝ローズに対してどうするべきかと、手紙で書いていたな」

「はい」

「それはお前にしか決めることのできないものだ」

「……」

淡々と告げる事実。

俺は今まで、師匠に沢山のことを教えてもらった。

だから今回も何か助言を貰《もら》おうと思っていたが、師匠が告げるのは今までとは違う言葉だった。

「もう私がとやかく言うべきではないだろう……お前は、自分の考えで全てを決めていいんだ」

「師匠……」

「レイ。私はお前が学院に入学することで、純粋に楽しんで欲しかった。この世界はあの戦場だけではない。残酷で、凄惨な争いだけが世界ではない。この世界には、美しく思えることもあるのだと知って欲しかった」

「……」

真剣な表情で話す師匠を、じっと見つめる。

「そして、お前はかけがえのない友人を得た。私も今日、全員と話してみて思ったよ。あぁ、レイは学院での生活を楽しんでいると。確《しっか》りと学生生活を送れていると。嬉《うれ》しかったさ。お前は私の子のようなものだからな。その成長を喜ばずにはいられない。でもな、もう……自分で考えていいんだ。今までのように、命令されたことをただ淡々とこなすだけではない。自分の意志で、生きていいんだ」

「はい」

改めて思う。

俺は本当に、人に恵まれていると。

だからこそ俺は、誰かにとっての師匠のような人になりたいと思っている。

「だからお前が思うことを為せ。アメリア＝ローズは過去のお前だ。境遇は違うが、それでも根幹はおそらく同じだろう。だから、私がしてきたように、お前も、彼女にできることをやってやれ。自分の意志で、そうしたいと望むのなら」

「分かりました」

その場で礼をする。

これは今までのように上官にするようなものではない。

ただ純粋に人間として、尊敬している師匠へ、敬意を示しているのだ。

俺は、彼女に何をしてあげることができるのだろうか。

この短期間でアメリアは確実に強くなった。

肉体的な意味でも、魔術的な意味でも。

しかしこの期間で彼女が別人のように成長したということはあり得ない。

アメリアは依然としてアメリアのままだ。

その心の内に宿る、彼女の葛藤までは変えることはできていない。

俺は迷っていた。彼女のその心に触れていいのか、と。

それは繊細で、触れるだけで粉々に砕け散ってしまうかもしれない。

アメリアが過去の俺と言うのならば、当時の俺はきっと……この心に無理矢理踏み込んでくるようなことは拒絶するだろう。

そして、きっとまた自分の殻に閉じこもってしまう。

他人は誰も信じられない。

この世界は醜さで満ちている。

美しい場所などありはしない。信じられるのは、自分だけ。

でもその自分でさえも、理解できない。

だから、人と触れ合うことなど、必要ないと……そう思っていた。

そんな俺が師匠達に心を開いたのも、結局は自分からだった。

そして、みんなはそんな俺のことを待ってくれていた。

ならば……俺も待とう。

彼女がその手を伸ばしてくるまで。

結局のところ、アメリアもまた誰かの意志ではなく、自身の意志で、その足で進む必要があるのだから。

そして仮に、アメリアが助けを求めてくるのならば、全身全霊を以《もっ》て力になろう。

それが友人としての、俺の答えだ——。


「点呼——！」

「い――――ちっ！」

「うむ。今日も全員揃《そろ》ったな。さて、今日の訓練だが……今日でこのレンジャー訓練は終わりだ。エインズワース式ブートキャンプの行程を、俺が計画した通りに全て熟《こな》した。アメリア訓練兵、君には最大の賛辞を送ろう」

「レンジャー！　ありがとうございます！」

「しかしッ！　訓練はまだ続く。これをクリアすれば、君には俺特製のレンジャー記章を送ろう」

「レンジャー！」

「うむ。さて、最後の訓練だ。今後は修了試験と呼称するが、まずはこれを受け取れ」

そう言うと俺は、彼女の分のウエストポーチを渡す。

アメリアはそれを受け取ると、じっと見つめながら中に入っているものを確認する。

「これは……？」

「修了試験は、カフカの森で俺と戦ってもらう」

「え？」

「返事はレンジャーだッ！」

「れ、レンジャー！」

完全に戸惑っている表情だった。

そしてアメリアはそのウエストポーチを腰に巻きつけると、再び俺の目をじっと見つめてくる。

「アメリア訓練兵には上半身に大会で使用されるものとほぼ同じ造花である、この薔薇《ばら》をつけてもらう」

「……」

「その数は十だ。制限時間は、ちょうど朝の六時から夕方の十八時の十二時間。薔薇を一輪でも守りきったら、アメリア訓練兵の勝利。全て散らせば、俺の勝利だ。魔術剣士《マギクス》競技大会《シュバリエ》では、場外に相手を落とす、戦闘不能にするといった方法での勝ちもあるが、最も効率がいいのは、胸にある薔薇を散らすことだ。相手もそれを狙ってくるだろう。つまりは、その薔薇は自分の命と同じ。実際の試合でも、それをどう守り抜き、どう相手の薔薇を散らすのかが鍵になる」

「レンジャー！」

「安心しろ、今回は能力を解放しない。全て俺は内部《インサイド》コードだけで相手をするが、油断するなよ？　俺は金級《ゴールド》のハンターでもある。森の中での戦いは熟知している。だからこそ、薔薇の数は十に設定した」

「……」

アメリアは少しだけ、怪訝《けげん》そうな顔を浮かべる。

「多すぎる、と思っている顔だな。しかしそれが今の俺のアメリア訓練兵に対する評価だ。それを覆したければ、実力を示してもらおう」

「レンジャー！」

「では、森に先に向かうといい。時刻六時ちょうどに俺もカフカの森に入り、アメリア訓練兵の薔薇を全て散らしに行く。準備はいいな？」

「レンジャー！」

そしてアメリアは俺から受け取ったウエストポーチをギュッと力強く腰に巻き直すと、そのまま森の中へと入っていく。

十二時間という非常に長い時間設定は彼女の心を試すものだ。

俺はこれから、アメリアの心を削りに削って、そして折りにいく。

しかしもし……もし仮に、彼女がこれに耐え切ることができれば、きっと……アメリアはまた一つ大きく成長できると……俺は信じている。

アメリアの去って行くその背中は自信に満ちているのか、それとも別の何かか。

彼女はただ真っ直《ま》ぐ《す》、真っ直ぐ歩いてその森の中へと姿を消して行く。

アメリア。君ならばきっとできる。ここまで頑張ってきた成果を発揮すれば、必ず俺を打ち負かすことができる。

もちろん、これは俺との戦いでもあるが……それと同時に、これは自分自身との戦いでもある。

アメリア。

君の潜在能力《ポテンシャル》はそんなものではない。

その先にきっと……辿《たど》り着《つ》けると信じている。

だから俺もまた、全身全霊を以て挑もう。

かつてあの日の自分が何を欲していたのか、俺は知っているのだから——。

◇

レイに概要を聞いた。

これが本当に最後の訓練になるらしい。

今まで本当に辛《つら》かった。

筋肉痛にずっと苛《さいな》まれ、さらには魔術訓練でも連日過酷な訓練を課された。

レイの言う通り、魔術訓練の方が辛かった。

繊細なコード理論の構築は今まで徹底してはこなかった。

いや、やるにはやっていたがあそこまでやるのか……と思うほどには大変だった。

それと同時に驚いた。

きっと【氷剣の魔術師】としてのレイはあれをいとも簡単に、それこそ呼吸するのと同然にこなすのだろうと。

そんな彼に近付きたくて、私は食らいついていた。

レイにここまでしてもらって、今更投げ出すわけにはいかなかった。

彼のように、彼に、レイ＝ホワイトのようになりたい。

それに、彼に見捨てられたくはなかった。

だから私は……そんな歪《ゆが》んだ想《おも》いでここまで来た。

でも光に群がる蝶《ちょう》は、その光に灼《や》き尽くされてしまうのかもしれない。

それでも私は、前に、前に進んできた。確かな何かがあると信じて。


この先に一体何があるのだろう？


でも私はもしかしたら……と少しだけ考えてしまう。

そう思うほどには、私はこの修了試験を特別なものとして認識していた。

「ふぅ……」

レイから受け取った十個の薔薇。

それを上半身に固定して、カフカの森の中を進む。

「後、三分か」

レイからもらった腕時計をちらりと見ると、時刻は五時五十七分。

後三分もすれば、レイがこの森の中に入って来て私の薔薇を散らそうと行動を起こすだろう。

制限時間は十二時間。

その間、この薔薇を守りきれば、私の訓練は修了となる。

「始まったわね」

瞬間。ピピピピと腕時計から音が鳴る。おそらく六時と十八時に鳴るようにレイが設定していたのだろう。

私はちょうどカフカの森の中央あたりに来ていた。

と言っても正確な地形は把握していないので、あくまでおそらく……という感じだ。でもここに来るまで、私は遅延魔術《ディレイ》を数多く仕掛けていた。

もちろんこの場所に続くように仕掛けては、居場所がバレてしまうので、ランダムに設置してある。

そして私は隠れて待つ。

レイに出会うことなく終わる可能性もある。

でもそんな楽観視はしない。

「ん……？」

五分くらいした頃。

何かガサガサと音が聴こえた。私は音がした方を注視するも、その先には何もいない。と思いきや、出て来たのは魔物だった。あれは巨大蛇《ヒュージスネーク》だ。でも基本的にここの魔物は別に何もしなければ襲っては来ない。

だから私は自分が気を張り過ぎていたのだと思っていた。

そしてホッと心に安心感を抱いた瞬間、上から声がして私は自分の心臓が跳ね上がったのを感じる。

「油断大敵だ」

「え？」

ボソッと頭上から声が聞こえたと思いきや、私の胸にあった薔薇が一気に三つも散ってしまう。

それは木の上にいたレイが、石の礫《つぶて》を投げることによって的確に私の薔薇を撃ち抜いたのだ。

「……くっ！」

そのことをすぐに認識すると、私はすぐに魔術を発動。

《第一質料《プリママテリア》＝エンコーディング＝物資《マテリアル》コード》
《物資《マテリアル》コード＝ディコーディング》

《物資《マテリアル》コード＝プロセシング》
《エンボディメント＝現象《フェノメノン》》

発動するのは、中級魔術である風切《ウインドカッター》。

それを高速《クイック》魔術で発動するも、すでにその場にはレイはいなかった。

彼はすでに移動を始めていて、私の魔術の間合いを完全に把握しているのか、そのまま背を見せつつ移動していく。

「……待てッ！」

レイは接近戦に持ち込んで来て、一気に薔薇を散らすつもりだと私は思っていたが……。

そのまま彼は木から木へ跳躍することで移動していき、あっという間に姿が見えなくなってしまった。

「逃げた……いや……？」

レイがただ考えもなしに逃げたとは考えにくい。むしろこれは彼の策略なのだろう。

「落ち着け。落ち着くのよ、私」

敢《あ》えて声に出すことで自分を落ち着かせる。

分析するに、私の遅延《ディレイ》魔術は全てスルーされてしまったのだろう。

だってそれは、全てを地面に設置していたから。

レイはそれを読んだ上で、木から木へと跳躍することで回避して、巨大蛇《ヒュージスネーク》がいる場所で物音を立てた瞬間に、私の真上の木へと移動。

そして、手にしている石で一気に薔薇を三つ散らしていったのだろう。

はっきり言って、予想していなかった。

彼の使える魔術、そしてあの肉体性能からして、一気に距離を詰めて来て持っているその剣によって薔薇を全て散らしていくものだと思い込んでいた。

でもその思い込みを逆手に取られて、私は遠距離からの攻撃という選択肢を無意識に捨てていた。

彼が残していった事実はただ一つ。

そこらに落ちている石であってさえも、的確に薔薇を狙って投げれば撃ち抜けてしまうのだ。

これはきっと彼からの忠告だ。

この薔薇は狙い撃ちされてしまえば、たとえなんの魔術的な要素もない、石の投擲《とうてき》によってさえも散ってしまうのだと。

レイはこの訓練の中で、実際の試合を想定して色々と私に教えてくれるのだろう。

そんな彼の思いやりを私は感じ取った。

「ふぅ……」

改めて、冷静になることに努める。

大丈夫だ。落ち着け。私は冷静に思考できている。

大丈夫……大丈夫と自分の逸《はや》る心を落ち着かせる。

思い出せ。

きっと、私が為すべきことは彼が全てもう教えてくれている。

今回の件だってそうだ。


『常にあらゆる状況を想定しておけ』

『魔術師は冷静であることに努めろ』


と、そう言われていたのを思い出していた。

私にはまだ経験が足りない。

だから、レイの奇襲も思い描くことができていなかった。

あまりの訓練の過酷さに、その時はそれほど意識していなかったが、これはまさに集大成。

私はその教えを全て活《い》かして、レイ＝ホワイトに向かっていくべきなのだろう。

「よし……！」

私は自分の頬をパンパンと思い切り叩《たた》いて、意識を改める。

そして再び、森の中を駆けて行くのだった――。


「はぁ……はぁ……はぁ……！　う……ぐ……はぁ……はぁ！」

どれだけの魔術を使ったのだろう。どれだけの気力を振り絞ったのだろう。

もうすでに日は暮れつつあり、黄昏時《たそがれどき》の光が私たちを支配する。

もう汗で体はぐちゃぐちゃだ。

髪の毛も泥まみれで、この体中は傷だらけ。

出血をなんとか抑えるも、この痛みが止まることはない。

それにレイに投げ飛ばされた時の痛みも、まだ鈍痛のように残っている。

おそらく内出血をしているのだろう。

レイは容赦などしなかった。全身全霊を以て、私たちは相対している。

そして彼は……ただ淡々と、私の心を削るように行動を繰り返す。

分かっているのだろう、私のその心の弱さを。

見抜いているからこその戦い方だ。

でも私は、なんとか食らいついていく。

「はぁ……はぁ……諦めない……絶対に諦めないッ！」

——奮い立たせろッ！

——己を鼓舞しろッ！

肉体は限界じゃない。

私はまだ動ける。でも、この心が負けを認めればそこで終わってしまう。だから私は振り絞る。自分の心を奮い立たせる。

もう時間はどれだけ残っているのか分からない。最後の一時間を切った瞬間から、レイの攻撃が止《や》むことはなかった。

私に残っている薔薇は二つ。これを守り抜けば、私は無事にこの訓練を終えることができる。

ここまで来て諦める？

そんなバカなこと、できるわけがなかった。

もう……もう、自分に見切りはつけたくない。

変わりたいと願った。

この学院に来て私はかけがえのない友人と出会い、そして本物になりたいと願った。

だから私はそれになる。いつかこれからではなく、今のこの瞬間に私は生きているのだから。

「―――ッ！」

「終わりだ」

刹那。彼の手が私の胸に伸びてくる。

本当に最後の最後の攻防。

惚《ぼ》けていたわけではない。

でもこの時間帯になっても、レイのスピードは依然として変わることはなかった。

確実に仕留めるために、その右手で私の薔薇をもぎ取ろうとしてくる。


――どうする？　どうすればいい？


いや、魔術は間に合うわけがない。

それにもう魔術を使うだけの気力もほとんど残っていない。

体術？　いやそれもこの距離まで来てしまえば、無理だ。

どうすれば、私はどうしたらいい？
そんな思考が過《よ》ぎるけど、その刹那……不思議なことが起きた。
「む」
「え……」
私とレイの間には、赤く燃えるような一匹の蝶がいた。
唐突に、意識の間を縫うようして現れた存在。
私とレイはただ止まった時間の中で、それを見つめていた。
時が止まったかのような感覚。
いや、それは比喩表現に過ぎない。
だって、その蝶は私たちの間を悠然とひらひらと飛んでいたのだから。
黄昏時の光に照らされて、真っ赤な蝶はその色をさらに濃くしていく。

これは一体なに？　何が、何が起こっているの？

これがこの森に生息している蝶だとは思えなかった。
それはレイが静止していることからも明らかだろう。

それに彼は私の動きをじっと見極めている、そんな感じがした。

その蝶がひらひらと私とレイの間に再び飛んでくる。

そして次の瞬間、その蝶が爆《は》ぜた。

「ぐ、うううううっ……！」

私はなぜかそのことを理解していたので、とっさに体を庇《かば》うようにして後方に吹っ飛んでいく。

受け身を何とか取りながら、そのままゴロゴロと転がっていく。

一方の流石《さすが》のレイも防御は間に合わなかったのか、後方へと吹き飛ばされていく。

しかし受け身を取るのは早い。

焦げ付いている体など気にせずに、視線が交差する。

もうあの蝶はいなかった。あれは一体なんだったのか。

でも、そんなことはどうでもいい。時間よ、早く、早く過ぎて――ッ！

タンパク質が焼けた特有の臭いが鼻腔《びこう》を刺激してくる。

おそらく私の髪の一部が焼けたのだろう。

でもそんなことはどうでもいい。今はただ、レイの姿を見失うわけにはいかなかった。

そう集中していると……。

ドクン、と心臓が跳ねる。

それは何なのか。徐々に私の身体は熱に支配されていく。

熱い。ただ、ただ、熱い。

身体を内側から灼かれていくような感覚。

でもどうしてだろう。痛覚はなかった。

そして次の瞬間、大量の真っ赤な蝶たちが顕現する。それは、私の周りを飛び交っている。ふわふわ、ヒラヒラと揺蕩《たゆた》うように飛んでいる。

あぁ。そうか。

結局、負けちゃったか。

でも不思議と後悔はなかった。

私は全力でやり遂げた。

今持てる自分の全てを以て挑んだ。

諦めたくはない。

絶対に負けたくはない。

そう思ってはいても、現実は非情だ。

どれだけ想いが強くても、届かないことは、叶《かな》わないことはあるのだ。

そして彼の振るうその剣が、私の薔薇に達しようとした刹那。

それは起きた。

「え……」


そう。それは、ありえない現象。

理解できない現象。

でもそれは目の前で起こっている。

私の胸の薔薇はまだ散ってはいなかった。

ただ身体から溢《あふ》れ続ける真っ赤な蝶がそれを防いだのだ。

何百匹という蝶がまとまり、その剣戟《けんげき》を受け止める。

ツーッと、鼻血が垂れる。

それを拭うことなく、ただ意識を落としていく。深海の底に沈むような感覚。深く、深く、この意識が沈んでいく。

私の世界は暗闇に支配されていく。

それは、悪いものではないと直感的に理解していた。

これに身を委ねればいいと、分かっていたから。

「あ……」

そして、私は自分の能力の片鱗《へんりん》なのだと唐突に理解した。そこから先は彼と互角、いや私が圧倒する時間がやってきた。

ただただ、二人で舞う。

この森で、この黄昏の光に身を包まれながら、私たちは戦い続けた。

先程までは早く、早く終わって欲しいと願っていた。

けれど、今は終わらないで欲しかった。

この世界にいるのは彼と私。

たった二人で、世界の中で舞踏を舞っていた。

舞い続けていた。

まるでこの世界にいるのは、私とレイだけのように、二人でお互いの演舞を披露し合うかのように戦い続ける。

あぁ。そうか、そういう事だったのか。

悟る。

そして、私は自分が至るべき場所を理解した。

そうか。レイが示していた場所はすぐそこにあったのだ。

そして、永遠に続くとも思われた時間は、終わりを迎える。


「アメリア。おめでとう、時間だ」

「え……？」

そう言われて、私はピピピピという機械的な音が鳴っているのに気がついた。

いつの間に……？

レイが言わないと気が付かなかった。

それほどまでに、私は最後の攻防に没頭していたのだ。

「お、終わったの？」

「あぁ。終了だ。そして君の胸に残った二つの薔薇。それが成果だ」

よく見ると、レイの手には私の歯型がくっきりと残っていて、そこからはポタ、ポタポタポタと血が滴ってくる。

地面に滴るそれを見て、私は自分が何をしていたのか、改めて理解した。

そうか。

私は最後にレイに噛《か》み付いていたのか。

そして互いに焼け焦げた服に、髪も少し焼けている。

おそらく、この顔も酷《ひど》いものになっているだろう。

それはレイを見れば分かった。

咄嗟《とっさ》に防御することもなく、あの爆発をまともに受けたのだ。

我ながら、ものすごいことをしたものだ……。

「あ……その……む、夢中で。ご、ごめんなさい……」

「いや構わない。お互い様だ。それにあの蝶もな……」

「あ……う、うん。でも、ちょっと、その無意識の行動で……」

あの蝶……という彼の声はかろうじて聞こえる程度だった。

今の私はそれはどうでもいいと思っている。

「俺はアメリアの心を折るつもりで行動していた。初めから薔薇を大量に奪うのではなく、じわじわと追い詰めるようにして最後の戦いまで持ってきた。アメリアを今まで見てきた俺は、確実に勝てる戦いを仕掛けていた。俺としては十七時あたりには決着をつけることができると思っていたが……完敗だ。俺は今出せる全力で挑んだ。でも、勝ったのはアメリア。君だ」

「あ、え……と。そ、その……」

うまく声が出ない。

そしてホッとしたのか、腰が抜けてしまう。

思えばどうしてここまで頑張ることができたのだろう。

心が折れそうな時も幾度となくあった。

何度も何度も、折れそうになった。

でもその度に自分を奮い立たせていたのは何だったのか、自分でもよく分からない。

だがそれは、レイに見捨てられたくない。

失望されたくないという後ろ向きな気持ちではなかった。

ただ全力でこの戦いに向き合っていただけだった。

自分に負けそうになりながらも、挫《くじ》けそうになりながらも、私は……ここまで来たのだ。もう嫌だった。

自分に失望し続けるのは。

ここまで色々な葛藤を抱えてきたのだから、最後までやりきってみたい。

そう思い始めて、最後はもう……意地だった。

ここまできたのだから、何が何でもクリアしてやると。

レイと過ごした時間は決して無駄ではなかったのだと。脱走する時も、嫌がりながらやる時も、叫び声を情けなくあげることもあった。


でもその日々は、私と彼の本物の日々であったと——。


私は証明したかった。

そして、ふと振り返って考えてみると、私はここまで来ていた。こんなところまで来ていた。短い期間だった。

でも私にとっては、今までの空虚な時間に比べれば、人生の中でも最も濃密な日々だった。

彼と過ごした日々は私にとっての、本物だったのだ。

そんな私は、やり遂げることができたのだろうか。

「さてアメリア訓練兵。最後の時だ」

「れ、レンジャー！」

私はそう言われて、もう何度目か分からないその言葉を言いながら、なんとか立ち上がる。

その際には、レイが手を貸してくれた。

彼のその分厚い手を握って、私は知った。

本当に……本当に私は、やり遂げたのだと。

今まで色々とあった。

本当に色々な気持ちが混ざり合って、葛藤して、ぐちゃぐちゃになりそうになりながらも、ただ光を求めて走り続けて来た。

別に偉大な何かを成し遂げたわけでもない。

ただ一人の愚かな少女が、何かを手に入れただけ。

別に、この広大な世界にとっては特別なものではありはしない。

でも今の私の中には、確かな充実感があった。

私にとってのこの戦いは、今までの努力は、今。たった今。

特別なものになったのだ。

過程が結果を決めたのではない。

結果が、私の過程を色鮮やかなものに変えたのだ。

二人で過ごした日々が、彩り鮮やかに変化していく。

そんな不思議な感覚に、私は浸る。


「アメリア訓練兵ッ！　エインズワース式ブートキャンプ修了であるッ！」

「レンジャーッ！」

「そしてこれがレンジャー記章だ。もちろん正規なものではないので、俺の手作りだが」

「ありがたく頂戴いたしますッ！」

そして私はそのレンジャー記章を受け取る。

薔薇をモチーフにした、真っ赤なバッジだ。ちょっと歪《いびつ》なところもあって、レイが色々と考えて作ってくれたのだと分かった。

本当にどこまでも優しい人だと、私はそう思った。

それを受け取ると、私はそれを胸につける。

レイはそんな私の姿をじっと見つめると、フッと笑う。

その顔は先ほどまでの、戦っていた時の冷たい表情ではなかった。

いつものように、暖かさのあるレイの顔だった。

そして彼は、優しい声音でこう告げる。

「おめでとう。アメリア」

「うん……うん……」

「よく頑張ったな」

「うん……」

ポロポロと涙が溢れてくる。

「辛いこともたくさんあっただろう」

「うん。大変だったよぉ……辛かったよぉ……」

決壊する。

私は涙を流していた。

それに、鼻水も大量に出てきている。

ぐちゃぐちゃだった。

もう私の顔は完全に涙と鼻水で塗《まみ》れている。焼け焦げた服に、髪。

泥だらけの顔に、涙と鼻水が混ざる。

みっともない。

あぁ。本当に情けないとも。

でもそんなことを気にするほど、今の私は冷静ではなかった。

ただただ、嬉しかった。

そこには確かな達成感があった。

この心が満たされる感覚はなんだろう。

「改めて言おう。おめでとう、アメリア。万全を期して、魔術剣士競技大会《マギクス・シュバリエ》に臨んでほしい。大丈夫だ。これほどの過酷な訓練をこなしてくる生徒などいやしない。自信を持っていい」

「うん。うん……」

涙でもう前はよく見えない。でもレイは今まで見てきた中で、一番優しそうな表情をしてこう告げる。

「アメリア。君は自分が思っているよりも強い。俺はずっと信じていた。期待していた。そして、アメリアはこの訓練を乗り越えた。だからもっと、自分を誇っていい。肯定していいと……俺は思う」

そう言うと、レイは私の両手を包み込むようにしてギュッと握ってくれる。その確かな暖かさを感じて、もう我慢など……出来なかった。

「うん、うん……！」

「よくやったとも。アメリアはすごい。素直に脱帽だ。だから、今日は泣いてもいい。俺が全てを受け止めよう」

「ぐすっ……」

私はレイに抱きついて、静かに涙を流した。

でもそんな私を、レイは優しく包み込んでくれる。

人生で初めてのことだった。

今まで涙すら出ることはなかった。

ただ無感情に、どうしようもない自分に辟易《へきえき》していただけだ。

でも私も、ほんの少しかもしれないけど前に進み始めたのかもしれない。

この短かったようで長かった訓練を私は乗り越えた。

諦めたい日も、全てを投げ出したい日もあった。

後ろ向きな気持ちで続けていたけれど……でも今は、人生で初めて自分で何かを成し遂げたという嬉しさで胸がいっぱいだった。


まだ私は、籠《かご》の中の鳥だ。


でも、それでも、少しだけ立ち上がることはできたのかもしれない。

今まではただその籠の中で蹲《うずくま》るだけだった。

でも今は……今の私はやっと、立ち上がることができていた。

そして前を向いて、この広大な世界に向き合って行くのだろう。

――きっと何者にもなれない私へ。私はそこにいますか。

うん。私はここにいる。彼の暖かさを知りながら、自分の涙の暖かさを、私はもう知っているのだから。

――きっと私は、ここにいる。

確かに、ここに、この場所に、存在している。
友人たちと、そしてレイが生み出してくれたアメリア＝ローズという存在を、この心に刻みつける。
私は進み始めた。
今日この瞬間に、たった一歩だけ、進んだのだ。

他の人にしてみれば、些細《ささい》な、どうでもいいような、ごく当たり前の一歩かもしれない。

でもそんな些細な一歩が、私にとっては本当に大きな一歩になった。

こんな私でもちゃんと前に進めるのだと。

今日、たった今、知ることができた。

だから、自信を持って挑もう。

多くのライバル達が待っている、魔術剣士競技大会《マギクス・シュバリエ》に。

その先にある、本物の自分を求めて私は進み続ける。

彼が与えてくれたものを、この心に刻みながら——。

第六章　魔術剣士競技大会《マギクス・シュバリエ》、開幕

「……」

起床する。現在の時刻は、ちょうど五時前。

俺たちはとうとう魔術剣士競技大会《マギクス・シュバリエ》への会場入りを開始する。本日より二週間に亘《わた》って行われる、学生の中で最強の魔術剣士を決める戦いがやって来る。

アメリアは、自分自身と向き合えるのだろうか。

俺はアメリアに出来るだけのことはした。最善を尽くしたと言ってもいいだろう。でもそれは、やはり肉体面と魔術的な面でしかない。その心の内は、まだ知らない。

彼女は最後の修了試験を終えると、ただただ泣いた。

その慟哭《どうこく》の理由を俺は聞くことはなかった。彼女は前に進んでいる。それでもまだ、その心は何かに支配されているような……そんな気がした。

だから、この魔術剣士競技大会《マギクス・シュバリエ》でアメリアもまた人として成長してくれたら……なんてことを考える。

彼女に踏み込むのは、それからでも遅くはない。

自分から進まなければ、意味などないのだから。

「よし」

制服に着替えると、俺はさらに荷物をまとめる。今日の全体の流れとしては、まずは朝六時に運営委員たちで集合して、その後は会場入りして準備を整える。

そして九時より入場開始となり、十一時より開会式、十二時より試合開始となる。

「いい天気だな」

俺は自室を早めに出ることにした。今日は自分で作ったあの花壇の花々に水をあげてから行こうと思っていたからだ。

そうして背中に大きなバックパックを背負いながら歩みを進めていると、その花壇の前には見知った人がいた。

艶《あで》やかな黒髪を靡《なび》かせながら、少しだけ微笑《ほほえ》んでじっとそこにある花を見つめているのは、レベッカ先輩だった。

「レベッカ先輩、おはようございます。いい天気ですね」

「レイさん。おはようございます。そうですね、とても澄み渡った美しい天気です」

にこりと微笑むその姿は毅然《きぜん》としていて普段と変わりはない。

確かレベッカ先輩は、明日の一回戦に出場する予定だ。だからこそ、別にもう少しゆっくりしていいと思うのだが……。

「先輩は、早いですね」

「目が覚めてしまいまして」

「なるほど」

「実はちょっと緊張してまして。今まで魔術剣士競技大会《マギクス・シュバリエ》には二度参加していますが、この緊張感だけは慣れません」

「なるほど。そうなのですね」

「ええ」

その絹のような黒髪をさっと後ろに流すようにして、彼女は微笑む。

いつもと変わりはない。ただ美しく、静謐《せいひつ》に、そこに存在しているようにも思える。だがそんな人でも、緊張はするのだという。

そしてよく見ると微《かす》かに体が震えていた。

レベッカ先輩は三大貴族で、園芸部の部長も、生徒会長もしている。おおよそ、非の打ち所のない人だが、アメリアやアルバートを見て思った。やはり、魔術剣士競技大会《マギクス・シュバリエ》に出場するということは大きな重圧《プレッシャー》なのだろう。

それはたとえ誰であっても、同じなのかもしれない。

「あ、あはは。ごめんなさい。ちょっと緊張というか、不安で……みっともないですね……」

「先輩。それは人として当然の反応です」

俺はゆっくりと近づくと、レベッカ先輩の両手を包み込むようにして握る。

「あ……」

「大丈夫です。運営委員でずっと先輩の試合は見てきました。月並みな言葉になりますが、あなたなら再びあの頂点に立てると、俺は信じています」

「そう、でしょうか？」

「はい。こうして期待されるのは重圧《プレッシャー》になるかもしれませんが、でも俺はたとえ勝っても負けても、先輩のことを見ています。だから、頑張ってください」

「レイさんは、優しいですね」

「優しい、ですか。自分も昔は、不安な時はこうしてもらったので」

「親御さんにですか？」

「いえ。自分には師匠がいるので。その方に、ですね」

「そうなのですか」

ソッと手を離す。

もうレベッカ先輩の体は震えていなかった。

空をふと見上げると、そこにはどこまでも澄んだ空が広がっていた。夏特有の、どこまでも澄んでいるそんな空だ。

それに今日は雲ひとつない。絶好の大会日和と言って差し支えないだろう。

「そ、その……一つだけ、ワガママ言ってもいいですか？」

レベッカ先輩は上目遣いで、じっと俺の双眸《そうぼう》を見抜いてくる。顔も少しだけ赤くなり、恥ずかしがっているのがよく分かるが……。

一体、ワガママとはなんだろうか。

「いいですよ。なんでも言ってください」

そう言うと、髪の毛をくるくると指に巻きつけながら彼女はこう言った。

「う、腕を触ってもいいですか？」

「腕、ですか？」

「力を入れてもらえるとその。嬉《うれ》しいです……」

「構いませんよ」

ギュッと腕に力を入れると、おずおずと手を伸ばしてきて俺の腕に優しく触れる。

「うわぁ！　やっぱりすごい筋肉ですね！」

「もしかして、筋肉に興味が？」

「あ。その。レイさんはすごいって園芸部の皆さんが言っていたので、実は興味があったのです」

「そうですか。それならいくらでも触ってください」

その要望に応えるべく、俺はさらに筋肉に力を入れる。パンプアップさせ、制服がはち切れない程度にバルクを肥大化させる。

「わわっ！　すごいです！」

「恐縮です」

「レイさんって、やっぱり面白いですね」

「そうでしょうか」

「ええ。とっても元気出ちゃいました！」

レベッカ先輩は俺の腕から目を離すと、ニコッと笑いながら自分でも力こぶを作る。もちろん、彼女の筋肉量は多くはないので目立つようなものではない。でもそう振る舞うことで、俺に心配することはないと言外に示してくれているのだろうか。

「先輩、可愛《かわい》いですね」

「え⁉　そ、そうですか⁉」

「はい。とても可愛らしいと、率直に思いました」

「あ、ありがとうございます」

その振る舞いが、俺は純粋に可愛らしいと思った。そして先輩は再び顔を赤くするも、嬉しそうに微笑むのだった。

「では、自分はこれで……」

「はい。運営委員の仕事、頑張ってくださいね」

「はい。それでは、失礼します」

互いに別れの言葉を交わして、俺は学院の正門へと向かうのだった。

◇

レベッカ先輩と会話していたとはいえ、まだ時間は五時三十五分。すでに集まっている運営委員の人もいたが、今はほとんどいない。そんな中で、俺は幾度となく見てきたツインテールを発見した。

今日は緊張しているのか、透き通るような美しい金色のツインテールがぴょんぴょんと揺れ動いている。

「クラリス、おはよう」

「あ、おはようレイ。って、何よその大荷物」

「ん？　あぁ着替えとか、その他諸々《もろもろ》だ。あとはこれから二週間はむこうに泊まり込みになるだろう？　そのための準備だな」

「あ、そう。あんたっていつも色々と規格外よね。それにしてもなんだか、楽しそうね」

クラリスのその言葉を、俺は素直に肯定する。

「そうだな。心は躍っているだろうな」

「そりゃあ、あれだけウキウキしてたらね。今も目が輝いているし」

「このような行事は初めてでな。正直、心が躍っている」

「なるほどね」

「クラリスは楽しみではないのか」

「いや……べ、別に楽しみにしていないわけじゃないけど」

どうにも煮えきらない態度だ。何かあったのだろうか。

「何かあるのか？」

「いやその。友達とこうして、何かするのって初めてで、よく分かってないというか」

「初めてなのか？　友人は多いと言ってたが……」

「あ。そ、その……いや、もういっか」

クラリスはふぅと息を吐くと、俺の方をじっと見てこう告げた。

「私はね、今まで友達という友達がいなかったの」

「そうなのか？」

「上流貴族のクリーヴランド家ってだけで敬遠されて。私もこんな性格だし。ちょっと拗《こじ》れちゃって。だからその、私も初めてのことなのよ！」

「なるほど。見栄《みえ》を張っていたのか」

見栄を張っていた。確かにクラリスは色々と意地っ張りというか、あまのじゃくなところがある。

しかしそれを率直に言ってくれて、俺は純粋に嬉しいと思った。

俺もいつか、彼女にも自分の過去を語るべきだろう……その素直さにしっかりと向き合うべきだろう。

そしてクラリスはキッと俺の顔を見上げながら、こう告げた。

「わ、悪いの⁉」

「いや。本当のことを話してくれて嬉しく思う。そして俺たちは一緒だな、互いに初めてという点でな」

「まぁ、ね。そのレイには色々と感謝してるけど」

最後の方は完全に独り言なのか、その声はかすれるようなものだった。しかし俺は目と耳は比較的いい方なので、その声をしっかりと拾うのだった。

「そうか。それは嬉しい限りだ」

「小声で言ったのに、聞こえたの⁉」

「耳はいいからな」

「うー。恥ずかしい……！」

真っ赤になった顔に、ツインテールもピンと上を向いている。俺はそんな彼女に向けて改めて、こう言うのだった。

「クラリスと出会えたおかげで、今回の魔術剣士競技大会《マギクス・シュバリエ》はもっと楽しめそうだ」

「ふ、ふん！　べ、別に勘違いしないでよね！　わ、私は別に……別に……」

「別に？」

「いやその、私も楽しみなのよ！　悪い⁉」

「悪くないとも。では、一緒に楽しもうではないか！」

「う、うんっ！」

「よし、いくぞ！」

「おー！」

ということで、俺たちは早速、魔術剣士競技大会《マギクス・シュバリエ》が行われる会場へと移動していくのだった。

魔術剣士競技大会《マギクス・シュバリエ》が行われるのは、中央区にある闘技場である。

別名、円形闘技場《コロッセオ》。

そこでは観客が囲むようにして、中央で行われる戦いを観戦するという構図になっている。観客席は一番前が低く、後ろに行くほど高くなっていく。

そして、一番前の観客席は抽選倍率がかなり高く、その席を確保するのは中々に骨が折れる。

というのは、魔術剣士競技大会《マギクス・シュバリエ》フリークのエリサの意見だったが、俺たちアメリア応援団は、一番前の席を確保できた。と言っても全員が一番前ではなく、前から三列分を確保している形だ。

もちろんこの功績は、環境調査部の部長のおかげだ。「何？　席の心配だと？　ふ……任せておけ……」ということで、アメリア応援団の分のチケットがすでに手配されていたのだ。

そうして俺とクラリスは無事に会場入りをして、現在は各学院の運営委員が集まりセラ先輩が全てを取り仕切るということで、その話を聞いていた。

ざっとまとめると、外部の人間の誘導をする係、試合の記録をする係、選手への案内をする係、試合が終わるたびに闘技場の清掃をする係などなど、思いの外色々な役割に分けられている。その中で俺とクラリスは清掃係に選ばれた。

「よし。運営委員の方はバッチリだな」

「ええ、そうねぇ～」

円形闘技場《コロッセオ》内での運営委員の打ち合わせが終わると、俺とクラリスはある場所を目指していた。

俺たちの運営委員としての出番は、試合が始まってからなので、まだ七時である今はだいぶ余裕がある。開場は九時からで、十一時から開会式で、十二時から試合だ。

それから俺たちは、アメリアを応援するために衣装に着替えた。

上に羽織るのはアメリア応援団の法被《はっぴ》だ。もちろんこれはアメリアを応援するために制作されたものなので、基調としているのはアメリアを象徴する色である紅蓮《ぐれん》の赤だ。

さらに、手縫いでアメリア応援団という文字を背中にでかでかと載せている。

スッと袖を通すと、なぜか気力が満《み》ち溢《あふ》れて来る気がする。

そうか。これが仲間を応援したいという気持ちなのか。

円形闘技場《コロッセオ》の入り口の側《そば》に集まって、全員が法被《はっぴ》を着て、アメリア応援団の衣装を纏《まと》っている俺たちは、もちろん周りから注目を浴びている。

また、俺の視線の先には別の選手の応援団もいるのが見えた。

セラ先輩を中心としたレベッカ先輩の応援団もすでに集まっていた。それを見て、俺たち全員は自然と士気が高まっていく。

「ふ。なるほどな。他の応援団も、中々の気合だ。しかし……」

「えぇ、部長。俺たちにはこれがありますから」

ふ、と微笑むとアメリア応援団の全員が一気にそのバルクを解放する。


「なぁ⁉」

「な、なんだあいつらは⁉」

「アメリア応援団⁉　まさか、アメリア＝ローズの応援団は、アーノルド魔術学院の環境調査部なのか‼」


環境調査部の全員がそれぞれ一気にパンプアップをする。そしてはち切れんばかりの筋肉によって、圧倒的な威圧感を放つ。こうする理由も特になかったのだが、すでに勝負は始まっていると言っていいだろう。

選手の士気を左右するのに、きっと応援団の力は欠かせないものとなる。

だからこそ、俺たちはこの圧倒的な筋肉を以てアメリアを応援すると決めているのだから。

「う……うわぁ……」

「す、すごいね。みんな……」

クラリスとエリサはそんな俺たちの様子をじっと見ていた。

二人はアメリア応援団の中でも数少ない女性陣だ。

暑苦しい男ばかりでは華やかさに欠けるからな。それにきっとアメリアも、仲のいい友人に応援してもらって嬉しくないということはないだろう。

「よし。じゃあ行くか、お前ら」

『おう！』

そして俺たちアメリア応援団は、中へと向かって行くのだった。


円形闘技場《コロッセオ》の中を進んで行き、指定された席に全員で向かっている途中、タイミングが良かったのか俺はちょうど彼女を見掛けた。

「部長申し訳ありません。少し知り合いと話をしますので、先に行っていてください」

「あぁ、そうか。了解した」

全員がそのまま進んで行くと、俺は早速彼女に声をかける。

「アリアーヌ、奇遇だな」

「？　えっと、その……どちら様でしょうか？　わたくし、覚えがなくて」

「俺だ。レイ＝ホワイトだ」

そしてこちらに近づいてくると、俺の顔をじーっと見つめてくる。彼女は理解したのか、パッと顔が綻ぶ。

「レイ？　あぁ！　もしかしてレイですの⁉」

「こちらの姿で会うのは初めましてだな」

「以前はとんでもない美少女でしたから。ちょっと意外というかなんというか、男らしいのですね」

「そうか？」

「えぇ。でもあのとき見た女性の姿が焼き付いているからかもしれませんわ」

「ふ、最大の賛辞だな」

そう。俺が出会ったのは、アリアーヌ＝オルグレンだ。以前会った時と同じように、いや、今日は前よりも気合の入っている様子だった。

化粧を軽くしているのか、綺麗《きれい》に整っている顔立ちに、トレードマークの巻き髪もかなりキマっている。

「それにしても、今日は以前にも増して美しいな。よく似合っていると思う」

「分かりますの？」

「もちろんだ。大会に際して気合を入れてきた……というところだろうか」

すると彼女は、自信満々に胸を張るのだった。

「えぇ。わたくし、アリアーヌ＝オルグレンは新人戦の優勝候補。いえ、わたくしは優勝するつもりでいますから。それ相応の身形《みなり》も準備していますのよ？」

「優勝か。それはどうかな」

彼女にそう告げると、アリアーヌは気負うような雰囲気はないが、真剣な目つきで俺のことを射貫《いぬ》いてくる。

「アメリアのことですの？」

「あぁ。アメリアは完全に仕上がった」

「そうですか。まぁ、楽しみにしていますわ。今のわたくしに届くかどうか、この目で見極めさせてもらいますわ」

「ふ、そうだな。しかしアリアーヌとは当たるとしたら、決勝だな」

すでにトーナメント表は発表されており、なんの因果かアメリアとアリアーヌは別の山になった。

そしてぶつかるとしても、それは決勝戦しかありえない。

「わたくしはもちろんそこまで行きます。アメリアにも伝えてくださいまし。わたくしは、決勝であなたを待っていると」

「流石《さすが》の自信だな」

「ええ。わたくしは自分に誇りを持っていますから」

それは慢心の類ではない。

アリアーヌ＝オルグレン。彼女は自分のことをよく理解している。だからこその、この自信と振る舞いなのだろう。

「分かった。アメリアに伝えておこう。では、また会おう」

「ええ。また会える時を、楽しみにしていますわ」

俺はそこで、アリアーヌと別れた。

アメリアが立ち向かうべき相手は、改めて強敵だと俺は知るのだった。

◇

私は魔術剣士競技大会《マギクス・シュバリエ》の開会式の直前、アリアーヌとの過去を思い出していた。

私とアリアーヌはずっと仲が良いままだと思っていた。

けれど、ある時を境に私は彼女から離れていってしまった。ちょうどそれは確か、学院の初等部に通い始めたころだった気がする。魔術学院は初等部と中等部までは同じで、そこから先は三つに分かれることになっている。

「オルグレン家の長女は本当に素晴らしい」

「魔術もすでに使えるらしいですね。ブラッドリィ家の長女も同じようで」

「ええ。しかし、三大貴族筆頭であるローズ家長女はまだ魔術がうまく使えないようですが」

「そうらしいですね。全く、素晴らしい血統であるというのに……もっと成長して欲しいものです」

「貴族の中でも素晴らしい血統を持つローズ家。兄の方は優秀ですが、妹のアメリア嬢には期待できませんな」

パーティーの最中。私はそんな声を耳にしてしまった。

何かを意識していたわけではないが、それは深く心に突き刺さる。

貴族の在り方、特に血統に関して疑問を持っていた私はそれから知ることになった。

三大貴族の長女である私たちは、常に比較されてしまう存在であると。

そして私に比べて、アリアーヌは早くに魔術師としての才能を発揮していた。一方の私は彼女に比べて、魔術の才能が開花するのが遅かった。

そのことに対して、色々と周りから言われているのを聞いて思った。

あぁ。私はアリアーヌと比較すれば、ダメな存在なのだと。

それから先、私はアリアーヌを避けるようになっていた。彼女の近くにいれば、自分のダメな部分に否応《いやおう》なく直面することになるから。

「アメリアっ！　一緒に遊びにいきましょうっ！」

「私はもう……遊ばない。アリアーヌとは一緒にいられない」

「アメリア。どうしたんですの？　最近は元気がなさそうですし、何かあったんですの？」

そっと優しく私の手を摑《つか》もうとしてくるが、それをパシッと撥《は》ね除《の》ける。そんな私の様子を見て、彼女は信じられない……といった表情を浮かべていた。

幼いながらにも、アリアーヌが傷ついているのは分かってしまった。でもこの時の私は、彼女から逃げたいという気持ちでいっぱいだった。

「アメリア……どうして」

「私はもう、ダメなの。だからバイバイ」

その言葉を最後にして、私は彼女から離れていった。未《いま》だに脳裏に焼き付いているアリアーヌの顔。

それはどうやって私に声をかけていいのか分からないかのような表情。

ずっと一緒だと思っていた。ずっと親友だと思っていた。

けれど、私は選んだ。アリアーヌと決別することを。これ以上近くにいるのは、あまりにも辛《つら》過ぎたから。

それから学校でも話をすることなく、結局は別々の学院に進学することになった。

時折、私のことをじっと見つめているのは分かっていた。

でもそれを無視するしかなかった。もう昔のようには戻れないと、思っていたから。

その後。私も魔術の才能が開花したこともあり、周りから賛辞の言葉を送られることが多くなった。

でも今更そんなことを言われても、私はどうすれば良いのか分からなかった。自分の立ち位置が、存在意義が分からなくなっていたのだ。

そして私は気が付けば、仮面をつけて振る舞うようになっていた。

みんなが願う、三大貴族の長女であるアメリア＝ローズを演じるために。


——ねぇ、アリアーヌ。私はまたあなたと一緒に……。

そしてついに、アリアーヌと向き合う時がやってきてしまった。

「——アメリア」


凛《りん》とした彼女の声が耳に入る。

「アリアーヌ」

見据える。彼女のその姿を。

互いに成長した。それはこの体だけでなく、心もまた。

でも、私は本当に成長できているのだろうか。この心は、本当に大丈夫なのだろうか。そんなことをどうしても考えてしまう。

「こうしてお話しするのは、本当に久しぶりですわね」

「えぇ。そうね」

彼女は私にとって、煌めく星のような存在だった。

昔から変わることはなく、自分の自信を全身で表現しているような人間。

アリアーヌは本当に、眩《まぶ》しかった。

「そういえば、レイに会いましたのよ。アメリアのお友達でしょう？」

「レイに会ったの？」

「えぇ」

そっか。そういえば、レイはアリアーヌの潜入調査をすると言って、女装のまま学院から出て行ったのを思い出していた。

「本当に彼は変わったお人ですわね。正直言って、あの女装はクオリティが高すぎですわ」

「ふふ。確かに、そうかも」

自然と笑みが溢れる。

レイと出会って、私は変わりつつある気がする。自分自身と向き合えているような気がする。

彼の存在は、私にとってかけがえのないものだ。

「……アメリア。少し変わりましたのね」

「そう、かな?」

「ええ。今まではレイのような友人はいなかった。それこそ、周りとの一線を弁《わきま》えていた。そんな風に見ていましたの」

「それは……」

的を射ている。

私は今までずっと——それこそアリアーヌと決別してから——周囲と距離をとっていた。決して本当の自分は見せずに、理想の自分を演じるままだった。

でもみんなのおかげで、レイのおかげで私は前に進めている。

そんな気がするのだ。

「やっぱり、わたくしではダメだったようですわね……」

「え?」

それは独り言みたいだった。微かに聞き取れたが、それ以上追及はしなかった。

「アメリア。決勝で待っていますわ。レイに聞きましたの。アメリアがわたくしに負けることはないと」

「レイがそんなことを……」

正直言って、嬉しかった。レイはこの大会で私に多くのものを与えてくれた。

ギュッと胸の前で拳を握りしめる。
あぁ。どうしてだろう。レイのことを考えると、こんなにも胸が暖かくなるのは。
彼のことを思い浮かべるだけで、勇気が湧いてくるような気がした。
「うん。私も絶対に決勝まで行くわ」
握手をする。アリアーヌとこうして触れ合うのは、幼い時以来だった。
互いに大きくなったこの手で、ギュッと握手を交わす。
そこには確かな暖かさがあった。
「では、ご機嫌よう」
踵《きびす》を返す。
翻る際に、僅かにスカートがふわりと浮かぶ。そんな様子を私は見つめる。
もう一度、自分の手をギュッと握りしめる。
私は大丈夫。
レイと二人で特訓をしてきて、彼が大切なことを教えてくれたから。
そして私もまた、眩《まばゆ》い光に包まれるようにして歩みを進めていくのだった。

◇

「選手入場です」

俺がみんなのいる席に向かうと、開会式がまさに始まったところだった。ちなみに魔術剣士競技大会《マギクス・シュバリエ》では、実況と解説がつくらしく、実況は選ばれた学生が担当し、解説は教員がやるということが伝統となっているらしい。

そんな中で今は実況の生徒がこの開会式を進行しているようだ。

そして大会に出場する選手が闘技場内へ続々と入場してくる。

新人戦参加者が十六人、本戦参加者が十六人。

合計して、三十二人の選ばれし選手たちが列をなしてやってくる。

その中にはもちろん、アメリアもいた。真面目な顔つきで、この数多くの観客が見守る中で彼女はしっかりとした表情をしていた。

アメリアのあの涙の理由を俺はまだ知らされてはいない。

それでも彼女はきっと、自分の中に何か大切なものを見つけたのだろうと思える。

だからきっとアメリアならば……大丈夫だ。数多くの強敵《ライバル》たちを打ち破り、きっとその頂点に立つことができると……俺は信じている。

そうして参加選手達が入場を終えると、アビーさんが壇上に上がり開会の宣言を告げる。

「さて、今年も迎えた魔術剣士競技大会《マギクス・シュバリエ》だが……ここにいる選手たちの中で優勝できるのはたった一人だけだ。新人戦で一人、本戦で一人。たった一つの頂を目指して、君たちには戦ってもらう。学生最強の座をかけて、な」

アビーさんは、そのまま淡々と話を続ける。

「近年では魔術剣士の技量は非常に上がっており、この大会で見られる戦いも非常にレベルの高いものになっている。学生レベルを優に上回っているものもあるな。だからこそ、私は期待している」

なるほど。俺は実際には見たことはないが、レベルが高いとは……これは試合が楽しみだな。

「学生諸君、魔術を極めようと思うのならば、才能と努力だけではなく、切磋琢磨《せっさたくま》する環境もまた重要な要素となる。その意味で、この大会はきっと君たちの大きな糧となるだろう。それでは、存分に振るって欲しい。己《おの》が力を全力で、な。以上だ」

そう言葉を残して、壇上を降りていく。

そのまま開会式は、問題なく進行して行き……終了。

現在の時刻は、十一時二十分。四十分後には、ここで第一試合が開始される。本日の日程は本戦の一回戦と新人戦の一回戦が二試合ずつ行われる。

その中でも今日の新人戦の初戦。そこがアメリアの初陣となっている。

俺たちはそこで全身全霊を以てアメリアを応援しよう。

彼女の力になるためにも——。

開会式の後、俺は一人で円形闘技場《コロッセオ》の地下にいた。セラ先輩に頼まれて、色々と道具を持ってきて欲しいと頼まれたからだ。

「よし。戻るか」

今は地下一階にある倉庫から、円形闘技場《コロッセオ》の一階にある控え室に行こうと、通路を進んでいる最中。

左右にある明かりが、わずかにこの暗闇を照らしつけている。

少しだけ不気味な雰囲気が漂っていた。

刹那。後ろから謎の殺気を感じ取った。

「――ッ！」

突然のことに驚いてしまうが、体は自然と反応した。

躱《かわ》す。

その攻撃は短刀による一閃《いっせん》。しかしその先端には紫色の液体が滴っている。確実にそれが毒物であるのは自明。

微かに姿を捉える。それは赤黒い模様が走った仮面をつけ、全身をローブで覆っているものだった。

だがすぐに気配は消える。

残ったのは、周囲に飛び散った液体だけ。

攻撃をしてきたのは何者なのか。

そもそも、どうして俺を狙ってきたのか。

様々な疑問が脳内に浮かぶ。

そう考えていると、再び人の気配が近づくが、それに殺気はなかった。

「あなたは——」

「レイ。攻撃でも受けたか？」

まるで今の一部始終を見ていたような口調である。

「はい。ですが、どうして」

そう。そこにいたのは部長だった。

部長に見られていたのか？

さて、どう話すべきか……と考えていると、さらに後ろからやってきたのはなんと師匠だった。もちろんその後ろには、車椅子を押しているカーラさんもいた。

「し、師匠？　それにカーラさんも？　これは一体……？」

「レイ。そのことについてだが。レックスはカーラの弟だ」

「お、弟？」

そう言われて、俺は思い出していた。

確か部長の名前は、レックス＝ヘイル。

そしてカーラさんの名前は、カーラ＝ヘイル。

　確かに同じだが……似ていないということもあるし、弟にしては年齢が離れすぎているが……。

「ま、こいつらの家庭環境は察してくれ。それで、だ。今は宿舎に一室借りていてな、詳細はそこで話そう。アビーとキャロルもすでにいる。大会の前から話はしようと思っていたが、色々とあってな。遅くなってすまないが、少し付き合ってくれ」

「了解しました」

　そして、その部屋に向かうことになるのだが……俺は部長の隣を歩きながら、話を聞いてみることにした。

「部長」

「どうした？」

「もしかして俺のこと、知っていましたか？」

「【氷剣の魔術師】のことか」

「やっぱり。知っていたのですね」

「あぁ。お前のことは、リディアさんから頼まれていたからな。力になってほしい、と」

「そうでしたか」

「ま、そのことも含めてあとで話そう。そしてこの大会で何が起きているのかもな」

　部長は確かに今まで俺に助力してくれていたが、この人の正体は一体……そんなことを考えながら、俺は歩みを進める。

「さて、レイ。入ってくれ」

「失礼します」

宿舎の最上階にある一番広い部屋へと通される。なんでもこの宿舎の中でも一番高価な部屋であるとか。

中に入ると、そこにはアビーさんとキャロルがソファーに座っていた。

七大魔術師が三人、それに先代の氷剣である師匠も含めて、この部屋に揃《そろ》っているのは、まさに魔術界最高峰の魔術師たち。

それにこのような場に部長がいるということは、おそらくは彼もまた只者《ただもの》ではないのだろう。

「座っていいぞ」

「はい。失礼します」

俺が空いているソファーに腰掛ける一方で、カーラさんと部長はその場に直立。座る様子はないようだ。

そうして師匠が口を開く。

「まずはそうだな。ヘイル一族について話そう。端的に言えば、王国の諜報《ちょうほう》機関を担っている一族だ。実は極東戦役時代から私は個人的な繋《つな》がりがあってな。それで今はカーラに世話をしてもらっている」

「そうでしたか。しかし、部長は……」

「あぁ。レックスの件は偶然だな。と言っても、お前が入学する先にいるのは知っていたからな。もちろん、レイを宜《よろ》しく頼むと言ってあったさ」

「そうなのですか、部長？」

視線の先にいる部長に話しかけると、彼はフッと微笑んで会話に参加する。

「そうだ。リディアさんは昔からの知り合いでな。俺も昔はエインズワース式ブートキャンプで世話になったことがある。しかし、レイのことは話にしか聞いたことはなかった。まだ十代の少年が、リディアさんの後を継いで、【氷剣の魔術師】になるとは思いもしなかったが……それは、実際に会ってみて納得したな」

「あの時の、環境調査部での出会いは――」

「偶然だ。しかし俺は、リディアさんに頼まれていなくとも、レイが【氷剣の魔術師】でなくとも、きっと今までと同じように力になっていたさ。俺はお前のことは気に入っているからな。先輩として、俺は純粋にレイとこれからも交流していきたいと思っている。それだけさ」

「ぶ、部長……」

そうだったのか。

思えば、気になるところはたくさんあった。部長は入部初日に、何かあればなんでも相談しろと言ってくれた。その言葉に甘えて色々と相談してきたが、そういう背景があったのか。

それにたとえ頼まれていなくとも、先輩として部長は変わりなく接してくれていたと、そう言ってくれた。その言葉は純粋にとても嬉しいものだった。

「ここから先の話は、リディアさんたちに聞くといいだろう」

部長はそう告げると、丁寧に一礼をしてそのまま下がる。

「師匠、詳しく聞いても？」

「ここはアビーから聞いたほうがいいだろう。アビー、頼む」

「あぁ」

次はアビーさんが話し始める。現在はいつものようにスーツを着ているが、それを着崩している上に、いつも後ろで一つに結んでいる髪を解《ほど》いている。

「そうだな。魔術剣士競技大会《マギクス・シュバリエ》は世界的にも注目度の高い大会だ。その認識はいいな？」

「はい」

「ということは、それを悪用する輩《やから》もいる。数年前は生徒の勝敗で賭け事をしている連中がいてな。そいつらが勝敗を意図的に操作しようとしたこともあった。毎年この手のものは枚挙に遑《いとま》がない。そこで、表舞台では魔術協会が派遣した魔術師によって対応をして、裏では王国随一の諜報機関に所属しているヘイル一族が対応をしてくれている。だが、今年は少し様子が違っている」

「というと……？」

アビーさんはもう一杯だけ水を呷《あお》ると、さらに話を続ける。

「以前、帝国の密偵が潜入していると話したな」

「確か、入学直後の話でしたか」

「あぁ。あれは優生機関《ユーゼニクス》のことかと思っていたが、どうやらエイウェル帝国の暗殺組織である死神《グリムリーパー》が魔術剣士競技大会《マギクス・シュバリエ》に侵入しているらしい」

「死神《グリムリーパー》、そんな大物が来ているのですか？」

「あぁ。間違いない情報だ。それに既に、貴族の生徒が何人か行方不明になっていると届け出が出ている。おそらく、奴《やつ》らの仕業だろう。こちらとしても、警備は万全にしているつもりだが、流石に奴らが相手だと、少々手こずっていてな」


エイウェル帝国。


そこは世界最高峰の軍事力を持つ大国である。

この世界の中では、アーノルド王国とエイウェル帝国がその力を二分している。そして帝国は、極東戦役の被害を拡大させた過去がある。

元々極東戦役は、小さな国の些細《ささい》な争いから始まったものだ。それが次々と広がっていき、アーノルド王国も参加せざるを得なかった。

何故《なぜ》ならそれは、魔術を用いた初めての本格的な戦争だったからだ。

だからこそ、鎮圧できるのは世界的な魔術大国であるアーノルド王国しかなかった。

帝国といえば、表向きは沈黙していたが戦争に参加した者なら裏にその存在があったのは分かっている。

色々と考えてしまうが、アビーさんの話に集中すべきだろう。

「実は先ほど接敵したのですが、赤黒い模様が走った仮面をつけ、全身をローブで覆っていました。また、武器は短刀。それには毒物が塗ってありました。おそらく暗器の類はまだ有していると思います。そして自分と戦闘をするとすぐに逃げて行きました」

死神《グリムリーパー》。

それは帝国に存在している暗殺を専門とした組織の名前だ。

裏の世界でもそうだが、表の世界でも畏怖の象徴として名前が通っている。

暗殺技術は世界最高峰。

その技術に関していえば、七大魔術師に匹敵する者もいると噂《うわさ》されているほどだ。

「なるほどな。レイの実力を把握して退いたのだろうが、今回は三大貴族か、上流貴族狙いだろう。この大会は貴族が一堂に集まる。それに今回は運が良いのか、悪いのか、三大貴族がちょうど全員出場している。タイミングとしては最高だ」

「やはり、貴族の人間を狙って？」

「あぁ。暗殺、または誘拐かもしれないが、王国のこれから有望となる魔術師を削りたいのかもしれない。そこでだ、レイ」

アビーさんがじっと俺のことを見つめてくる。

「お前にも、警戒していてほしい。もちろんこれは私たち大人の出る領分だ。しかし学生を狙っているのなら、その近くにいるレイの方が接敵する可能性が高いかもしれない。一応、胸に留めておいてほしい」

彼女はそう言って、軽く頭を下げた。

「なるほど。そういう事情でしたら、自分も全力で協力させていただきます」

「いつもすまないな。本当に助かる。一応、学生の方はレックスに任せているからな。あとは二人で協力してほしい。もちろん、私たちがメインで担当するからサポート程度で構わない」

「了解しました」

部長の方をちらりと見ると、軽く頷《うなず》いてくれる。部長がいるのなら俺としても心強い。

そうして話も終わり、師匠と共に部屋を後にするのだった。

「さてレイよ。先ほど言った通りだが、くれぐれも気をつけろよ。死神《グリムリーパー》の能力は私もよく知らない。お前なら大丈夫だとは思うが……立ち合うことになれば、油断はしないことだ。それに奴らは恐らく暗闇での戦闘を得意としている。使うならアレも準備しておけ」

「了解しました。肝に銘じておきます」

この大会に想《おも》いをかけている選手が多いことは知っている。だからこそ、この大会に介入させるわけにはいかない。

それと同時にアメリアのことを考える。

彼女がここまでくるのに、どれほど努力をし、自分自身と戦ってきたと思っている。アメリアにとってこの大会はきっと特別なものになる。

それだけは間違いない。

彼女がさらに飛躍できると信じて、俺たちはこうして応援に来ている。

だからこそ、俺は誓う。

絶対に邪魔などさせない。この大会を無事に終了させてみせる。

——【氷剣の魔術師】の名にかけて。

◇

「さて、やってまいりました！　本日の新人戦初戦です！　解説のキャロライン先生はどうみますか？」

「う～んとね～、とりあえず楽しみかな～☆」

「はい！　当たり障りのない回答ありがとうございます！　試合は十分後に開始予定ですので、お待ちください！」

会場ではそんなアナウンスが流れていた。

現在は本戦の一回戦が二つ終了し、今からは新人戦に入る。

全体的な魔術剣士競技大会《マギクス・シュバリエ》のスケジュールとしては、四日間で本戦、新人戦共に一回戦をこなす。その後は一日の休息日を挟んで再び、二回戦を四日間で終わらせる。

そして準決勝を二日間で終わらせ、再び休息日を一日挟み、最後に三位決定戦を行った後に、決勝戦が開始。そして最終日に閉会式。

これでちょうど二週間のスケジュールとなる。

今日は一日目だが、アメリアの試合はなんと新人戦の初戦……ということで、かなり注目を集めていた。

観客も満員なのはもちろんだが、あのローズ家の長女が出場するということで、ここに来る間も色々な人がアメリアの話をしていた。

また、魔術剣士競技大会《マギクス・シュバリエ》では実況と解説の二人が試合を進行する形になっている。

実況はアーノルド魔術学院の二年生の、ナタリア＝アシュリーという女子生徒が行っているらしい。曰《いわ》く、アイドル活動もしていて去年の実況の評判が良かったので今年も採用されているとか。

解説の方は日程によって替わるが、今日はキャロルの日だった。

あんなやつでも七大魔術師であることに変わりはないので、普通に魔術的な解説はできるし、俺は理解できないがキャロルは人気のある魔術師でもある。

キャロル目当てで来ている人もいるほどだ。

「部長。やりますか？」

「そうだな。ちょうど良いタイミングだ」

そして部長の鶴の一声によって、俺たちは応援団としての活動を始める。

「予定通りだ。行くぞ！」

『おう！』

応援団の活動は選手が入場し終わるまでしても良いことになっている。もちろん試合中に声を上げてはいけないわけではないが、応援団としてまとまって応援をするのは試合前だけと決まっているのだ。

そして俺たちはアメリアの入場を迎えるためにも、練習した通りに応援を開始するのだった。

「お！　魔術剣士競技大会《マギクス・シュバリエ》では応援もまた醍醐味《だいごみ》の一つですが、ローズ選手の応援団はものすごく気合が入っていますね！　これはレベッカ＝ブラッドリィ選手並みの応援団かもしれません！」

「うんうん！　みんなすごいね～☆　私もやっちゃおうかな？　キャピ☆」

「先生は特定の選手に肩入れせずに、公平に解説してくださいね～」

「えー。まぁ～仕方ないかぁ～、キャピ☆」

「……」

　実況と解説の二人からも注目を集めながら……ついに選手が入場してくる。

　それと同時に俺たちは応援を終了する。しかしここから、個人で声をかけるのは許されている。だからこそ、全員でアメリアに対して俺たちはここにいるという意味も含めて、声をかけるのだった。


「アメリアー！」

「アメリアちゃーん！　頑張ってー！」

「アメリアー！　キレてるよー！　キレてる、キレてる！」

「アメリアー！　お前なら勝てる！　自分を信じろーっ！」


　応援団全員でそう声をかけると、アメリアはニコリと微笑みながら右手をこちらに向かってあげてくれる。

　その立ち振る舞いは、余裕があるからこそなのか。アメリアはどうにも自信に溢れているように思えた。

そして、ついにアメリアの試合が幕を開ける。

「審判は私、アビー＝ガーネットが務める。ルールは場外に相手を落とすか、胸にある薔《ば》薇《ら》を散らすかした方が勝ち、または戦闘不能になった方が負けとなる。またこれ以上の戦闘が出来ないと私が判断すれば、その時点で試合終了だ。二人とも、良いな？」

「はい」

「わかりました」

アビーさんがそう告げて、とうとう二人の選手が指定の位置につく。アメリアの初戦の相手はディオム魔術学院の男子生徒である、テオ＝ジラールという選手だ。しかし実は俺は彼の試合を見ていた。

それは、彼がアリアーヌと戦っているのを俺は女装して潜入している際に目撃しているからだ。

アメリアにはすでに伝えてある。相手の特徴、そしてアメリアはどう戦うべきなのかを。もちろん事細やかに伝えているわけではない。戦況というものは、状況によって大きく変化する。重要なのは、相手の基本的な情報を入れつつも、臨機応変に対応する柔軟さだ。

そして、アビーさんが声を上げる事で……試合の幕が、切って落とされた。

しかし、試合は予想外にあっさりと決着するのだった。

「勝者、アメリア＝ローズ」

アビーさんがそう告げると、一気に大歓声がこの円形闘技場《コロッセオ》に響き渡る。

「し、試合終了おおおおおお！　なんと！　たった一度の魔術で完璧に仕留めてしまいました、ローズ選手！　しかも難易度の高い遅延魔術《ディレイ》をあそこまで精密に制御するとはっ！　相手も一撃目までは読んでいましたが、彼女はそれを優に上回りましたっ！　圧勝、圧勝ですっ！　これが、これが三大貴族筆頭の力なのかああっ！　では、キャロライン先生、総評をどうぞっ！」

「はいは〜い。そうだね。あの遅延魔術《ディレイ》がいつ設置されたかってことだけど、試合開始直後だね。つまりは〜、アメリアちゃんは初めの剣戟《けんげき》を行う前から〜、あれをもう考えていたんだね〜☆　でもあの数は、避けながら設置していたのもあるね」

キャロルの解説を聞いているが、やはりあいつはしっかりとしている部分もあるのだなと改めて思うのだった。その話し方を除けば、だが。

「いや〜、すごいね〜☆　これは元から相手の情報を持っているからこそできることだし、でもね〜、遅延魔術《ディレイ》って奥が深くてね〜。下手な人はずっと、下手なまま。コード理論の構築の問題なんだけど、まずは処理の過程で遅延魔術《ディレイ》の構築する要素に」

「はい！　キャロル先生ありがとうございましたっ！」

「ちょっと！　ナタリアちゃん、ひどいよ〜☆　まだ話してる途中でしょ〜！　ぷんぷんがおー、だよっ☆」

「先生の話はかなり長くなると前の試合で理解したのでっ！　それでは、引き続き新人戦の一回戦を行いますので、観客の皆様はお待ちくださ〜い！」

実況がそう告げると、アメリアはその紅蓮の髪をなびかせて悠然とこの会場を後にする。

この戦法は、アリアーヌが使っていたものだ。だがアメリアのそれは完全にアリアーヌのものを上回っていた。何よりも特筆すべきは、緻密なコード理論の構築。あれだけの数の遅延魔術《ディレイ》を、相手をピンポイントで狙うなど卓越した技量がなければ不可能。

しかもそれを戦闘の中で行う、技量と精神力。

また、それを敢《あ》えて使って見せたということは、これは宣戦布告。

俺は別にアメリアに指示はしていない。ただ、アリアーヌはこうして戦っていた……ということを伝えただけに過ぎない。

この大舞台で冷静にそこまで魔術を使用できるアメリアをきっと、他の選手はマークしたに違いない。

そしてアリアーヌもまたそれは同様だろう。いやきっと、アリアーヌなら笑っているに違いない。

──来るなら来い、真正面から叩《たた》き潰してやると。

あの彼女なら、アメリアの宣戦布告をそう受け取るだろう。

「すごい！　すごい！　アメリアちゃん！　圧勝だよ‼」

ぴょんぴょんとエリサが跳ねながら、クラリスと手を握り合って喜びを分かち合っている。

「うん！　すごいわね、アメリアっ！　これはきっと優勝間違いなしね！」

二人で喜んでいる姿を微笑ましく見つめていると、俺は瞬間。

後ろから鋭い視線が向けられるのを感じ取った。

「……？　どうしたレイ」

「いや何でもない。それよりも、エヴィは団旗を振るっているが、疲れてないのか？」

「へへ。これもいいトレーニングになるからな！　ちょうどいいぜ！」

「ふふ、そうか」

今の視線。それは僅かにだが、殺意が込められていたような。

それこそ、極東戦役でいやというほど感じてきたものと同質であったが……。

これは杞憂《きゆう》になればいいと思いながら、俺はアメリアがしっかりとした足取りで去って行くのを最後まで見つめるのだった。


魔術剣士競技大会《マギクス・シュバリエ》、四日目。

ついに今日で一回戦が終了する。

本戦、新人戦共に波乱は特になく、そのまま順当に予想通りの選手が勝ち上がっているという感じだ。

レベッカ先輩は二日目に行われた本戦の一回戦で難なく勝利。

そしてアルバートは昨日行われた新人戦の一回戦を勝利。

その内部《インサイド》コードを使用した、剣術は卓越したものだった。

そして順当に選手が勝ち上がっていく中で、本日の注目度はかなり高いものだった。今日の第二試合は、新人戦一回戦の最終試合。

それだけでも、ある程度の注目は集めるのだが……今回はそれだけではない。

出場してくるのは、アリアーヌ＝オルグレン。

新人戦の優勝候補筆頭であり、さらには三大貴族オルグレン家の長女である彼女に、注目が集まらないわけがない。

そんな彼女に相対するのは、メルクロス魔術学院のエルマ＝カルスという女子生徒だ。

俺は生徒の情報はすでに頭に入っているので、この生徒のことも知っている。

メルクロス魔術学院の生徒は傾向として、魔術型の生徒が多い。

剣を有してはいるが、それは自衛的な側面が大きく、魔術を主体として戦う。

このカルス選手もまた、もれなくそのタイプだ。

「アリアーヌ＝オルグレンか。レイ、確か知り合いなんだろう？」

「あぁ。アリアーヌとは友人だからな。それに戦っている姿もすでに見ている」

「じゃあ、どっちが勝つと思う？」

「それは始まってみるまで分からないが……アリアーヌが負ける姿は、今のところ想像できないな……」

現在はエヴィと二人で後方の席で、試合が始まるのを待っていた。

アメリア応援団としての活動がある日は、部長によって席を確保してもらっているが、アメリアの試合のない日はこうして自分たちで席を取っている。

そのため、後ろの方の席になっているのは仕方のないことだ。本当は最前列でその戦いを焼き付けたいが、こればかりはどうしようもない。

「お……出てきたな」

「あぁ。さて、アリアーヌの初戦。どうなるか」

二人の選手が入場してくると、実況と解説によるアナウンスが入る。

「二人の選手が入場してきました！　今回の対戦は新人戦の一回戦、最後の試合となります！　メルクロス魔術学院の一年生、エルマ＝カルス選手対ディオム魔術学院の一年生、アリアーヌ＝オルグレン選手の試合です！　さて、ついにやってきましたね！　三大貴族であるオルグレン家の長女、アリアーヌ＝オルグレン。その注目度は高く、すでに優勝候補筆頭ですが、ガーネット先生はどう見ますか？」

「ふむ……そうだな」

実況はいつも通り、ナタリア＝アシュリー先輩がしているが解説は毎日替わるので、今日はキャロルではなくアビーさんの日だった。

キャロルの日は色々と盛り上がるのだが、盛り上がりすぎて逆に進行が大変そうなのが、よく分かる。

しかしアビーさんは礼節があり、分別《ふんべつ》を弁《わきま》えた、人間のできている大人なので、あのアホピンクのようにはならないだろう。

「カルス選手は魔術型だな。まぁ、メルクロスの魔術学院の典型的なタイプだ。しかしだからと言って、侮ることもできまい。魔術型の選手が一切相手を寄せ付けずに、完封した大会もあったからな。しかし、オルグレン選手はバランス型ではあるが、どちらかといえば剣技型。近接戦闘を得意としているタイプ。勝敗はきっと、互いの領域に相手を入れるか、入れないのか……ということになりそうだな。面白い試合になるだろう」

「素晴らしい解説ありがとうございました！　いやぁ～、学院長は聡明《そうめい》で素晴らしいです！　はい！　進行もしやすいというものです！」

そして互いの選手の紹介が終了すると、審判であるキャロルが二人に声をかける。いつものようにルール説明だろう。ちなみにキャロルだが、審判をできるほどの実力があるのかと思う人間もいる。

しかしキャロルのやつはアホピンクなのは間違いないが、実戦技術もずば抜けている。

研究者としての肩書きもあるが、あいつは実は本当に優秀な魔術師でもある。そうでなければ、七大魔術師になることなど、できはしないのだから。

そして、試合は決着。

もちろん勝者は、新人戦の大本命であるアリアーヌだった。


「き、決まったあああ!! なんということでしょう! オルグレン選手、あの爆破の海の中をいとも簡単にかいくぐっていくと、そのまま一閃! 試合終了です! 勝者は、アリアーヌ＝オルグレン選手だあああ!」


会場が沸く。この声援は今までの中でも最も大きなものだろう。

アリアーヌはこの拍手喝采に、悠然とその右手を上げて応じる。その振る舞いは王者の余裕とでもいうのだろうか。

「ま、まじかよ。ここまで圧倒的なのか……」

「おそらく、原理としては第一質料《プリママテリア》で身体中《からだじゅう》を覆っていたんだろう。それを防御壁のようにして突破して、一閃。しかしやはり、あの技量、それにそれを実行する精神力。見事だな」

「アメリアは勝てるのか……?」

「勝てるさ。俺はそう信じている」

これはアリアーヌの宣戦布告。アメリアもまた、アリアーヌに示したが今度は逆に彼女がアメリアに示したのだ。

大規模連鎖魔術《エクステンシブチェイン》だろうが、なんだろうが、自分は真正面からそれを打ち破るだけの力があると。

そうアリアーヌは誇示したのだ。

彼女の性格を反映した、ある意味でアリアーヌらしい戦いだった。

こうしてついに新人戦の一回戦は終わりを告げるのだが……俺たちはこの後の本戦に出てくるダークホースとも呼ぶべき存在に、その心を奪われるのだった。

「し、試合終了おおおおお！　しかしこれは、前代未聞ですっ！　なんと試合時間は、二秒!!　これは、魔術剣士競技大会《マギクス・シュバリエ》の中でも歴代最高のタイムです!!」

圧巻。

いや、この試合はそんな言葉だけでは表現できない。

おそらくこの場にいた魔術師で、この試合をまともに説明できる者はほとんどいないだろう。俺もまた、見逃すところだったが……何とか理解していた。そして、この本戦に突如現れたノーマークの選手。

その選手こそが、この大会の本命であると誰もが分かってしまった。

単純明快。ただその一刀のみで試合を決めてしまったのだ。これほど分かりやすいものはないだろう。

「勝者は、ルーカス＝フォルスト選手！　なんと、メルクロス魔術学院の二年生ですっ！　優勝候補に上がっていないノーマークの選手でしたが、ここでダークホースが現れましたあああっ！」


ルーカス＝フォルスト。


名前だけは一応頭に入っている。メルクロス魔術学院の二年生であり、剣ではなく刀を使う珍しい魔術師であると。その戦闘スタイルから剣技型、中でも超近接距離《クロスレンジ》での戦闘は得意だと思っていたが……まさかここまでとは、誰も思いはしなかっただろう。

すぐに持っているパンフレットでその選手を改めて確認する。大会では出場選手のリストがパンフレットになって配布されているが、それはやはり注目度の高い選手ほどその枠が大きくなる。

その中でも、ルーカス＝フォルスト選手の枠は一番小さいものだろう。ただ一行だけ紹介が載っている程度だ。

身長は百六十五センチとそれほど高くはないが、その甘いマスクはきっと多くの女性を魅了するだろう……というのは、事前の情報でも男性にしては中性的で美しい選手として評判だったからだ。

長い黒髪を後ろで一本にまとめ、顔つきも激しさはないがその中には確かに男性らしさも見受けられる。そんな彼は、刀を鞘《さや》にしまうとそのまま一礼をして会場から去っていく。

「なぁレイ。見えたか？」

「かろうじてな」

「俺は全くだぜ……何をしたんだ？」

「単純だ。内部《インサイド》コードで身体強化をしてから、接近。そして、一閃しただけだ」

「マジで、それだけなのか？」

「あぁ。特筆すべきものはない。シンプル故に、強力だな。対策も立てるのは難しい。あそこまで超近接距離《クロスレンジ》に特化していれば、どうしようも無いだろう」

「マジかよ……確か、さっきの相手は……」

「レベッカ先輩と去年決勝を戦った相手だな。この魔術剣士競技大会《マギクス・シュバリエ》、本戦の優勝候補であったが……まさか、大会最速で敗れるとはな……」

「……あぁ。マジでこういうことって、あるんだな」

幸いなことに、レベッカ先輩にあたるとしたら決勝だ。そしてそれはおそらく現実のものになるだろう。果たして、レベッカ先輩は彼に対してどのように戦うのだろうか。

こうして大会は大きな波乱を呼びながらも、進行していく。

◇

二回戦に突入した。俺はクラリスと共に清掃活動をした後に、アルバートの試合を見た。二回戦の相手はディオム魔術学院の生徒だった。相手はバランス型だったが、途中でいきなり近距離戦に持ち込んできてアルバートは面食らってしまったが、それでもなんとか対処して勝利をもぎ取った。

こうしてアルバートはついに準決勝にコマを進めることになったが……やはり次に来るのはアリアーヌだろう。果たして、試合はどうなるのか……。

「押さないでくださーい！」

「慌てず、ゆっくりと退場くださーい！」

試合終了後。人手が少しばかり足りないということで、俺とクラリスは退場する人の整理を行っていた。注意を促すだけなのでそれほど大変ではないが……夏の日差しが容赦なく俺たちを照らし続ける。

そんな中俺は取材を受けている、とある選手を見つけた。

それは今、最も大会を沸かせている存在と言ってもいいだろう。

ルーカス＝フォルスト。

腰には刀を差したままで、彼はただ無表情にその質問に答えていた。取材陣の数はそれはもう尋常ではない。俺は微かに人の隙間から彼の表情が見えたが、それは全く読めない。まるで感情という感情が抜け落ちているような。それこそ、精巧な人形ではないかと思う容姿だ。

「……」


一瞬。ほんの一瞬だけ、視線が交差する。


間違いなく、彼は俺のことを見つめていた。偶然視線があったのならば、すぐに逸《そ》らせばいい。だというのに、彼は俺の双眸をじっと見つめてきたのだ。

どうして俺を見る？

俺はこの大会ではなんの知名度もない、ただの運営委員だ。もしかして、俺が以前に感じた視線は彼だったのか？

しかし彼ほどの魔術師がどうして俺を気にするのだろう。

まさか、俺が七大魔術師の一人、【冰剣の魔術師】だということを知っているのだろうか？

　そう考えると辻褄《つじつま》が合うのだが、彼は俺から視線を逸らす。

　やはり、考えすぎだろうか。

「ちょっとレイ！　ぼーっとしないでよっ！」

「あ、あぁ。すまないクラリス」

「？　どうしたの？　もしかして体調悪い？　大丈夫？　それなら私が救護室に付き添うけど？　この暑さだと、熱中症もあり得るから」

「いや大丈夫だ。心配かけてすまない」

「ふーん。ならいいけど、あんまりぼーっとしないでよねっ！　心配するんだからっ！」

「あぁ。今後は気をつけよう」

　そうして俺たちは仕事に精を出すのだった。


　あれから魔術剣士競技大会《マギクス・シュバリエ》は進行していき、ついに新人戦、本戦共に準決勝まで選手が出揃った。

　ベスト4の人間が揃うことで、今残っている選手は、新人戦と本戦を合わせて八人だ。

　アメリア、アリアーヌ、アルバートは順当に残り、レベッカ先輩もそしてルーカス＝フォルストもまた残っている。

　果たして、新人戦、本戦共に優勝するのは誰になるのか。

そんなことを考えるが、俺にはある懸念があった。

それはこの魔術剣士競技大会《マギクス・シュバリエ》が始まってから、アメリアと会話をしていないということだ。

いや、試合はずっと見ている上に、応援団としての活動も欠かさず行っている。

アメリアはいつもニコリと微笑みながら、少しだけ気恥ずかしそうに俺たちに手を振ってくれている。

陰りは見えない。

だがアメリアは隠すのが上手《うま》い。その本心では、何を思っているのか……俺には分からない。彼女が話してくれるまでは、分からないのだ。アメリアはこういう人間だと思ってはいても、それは俺が勝手にそう思っているだけ。

俺は、実際のところ……怖かった。

彼女のその心に触れていいのか。アメリアが進む先に何があろうとも、俺は絶対に助けたいと思っている。でもそれは彼女のためでもあるが、自分のためでもあった。

俺もまた、みんなと同じように途上だ。七大魔術師の中でも最強と謳《うた》われている【氷剣の魔術師】ではあるが、まだ未熟な存在だというのは承知している。

今はもう、隣に師匠はいない。

俺は自分の意志で前に進まないといけない。

みんなと、アメリアと共にならば俺もまた進めると、そう思っていた。

しかし果たして本当にそうなのだろうか。

俺の選択は間違っていないのか？

「アメリア……」

ボソッと彼女の名前を呼ぶ。

今は無性に、アメリアの声が聞きたかった——。

◇

「……」

控え室。

アルバートはそこで心を落ち着けていた。

ただ一人、人工的な光に照らされながら彼はじっと椅子に座っていた。ここ数試合はずっと同じことを繰り返している。いや、この魔術剣士競技大会《マギクス・シュバリエ》だけではない。校内予選の時からずっとそうだった。

ついに彼は、魔術剣士競技大会《マギクス・シュバリエ》の準決勝までやってきた。

おそらく以前の彼だったならば、すでに敗北しているだろう。

この世界は全て才能で決まっていると思い込んでいたアルバートならば、ここまで泥臭い努力などしてこなかったのだから。

「アルバート、いるか？」

「あぁ。レイか。ということは――」

「そうだ。時間だ」

「分かった」

運営委員として活動しているレイがアルバートを呼びにやってくる。そしてアルバートは椅子から立ち上がると、腰に差している剣を改めて確認して、胸に固定する薔薇も入念に確認する。

「健闘を祈る」

「あぁ。では、行ってくる」

それ以上の言葉はいらなかった。

そうしてアルバートは眩い光の中に包まれていく。

「二人とも、準備はいいか？」

アビーがそう告げる。

そして二人ともに黙って頷くと……試合が始まった。

「では、試合開始だッ！」

駆ける。

それはほぼ同時だった。その中でもわずかに速いのは……やはりアリアーヌだった。互いに内部《インサイド》コードを走らせると、そのまま超近接距離《クロスレンジ》での戦闘を繰り広げる。

二人は理解していた。

お互いに剣技型。その中でも、超近接距離《クロスレンジ》をもっとも得意としている。だからこそ、これは力と力のぶつかり合いであると。

そうして交わされる剣戟。

「……ぐッ！」

声を上げるのはアルバートだった。

この剣戟の最中、アリアーヌは氷を主軸とした高速魔術《クイック》、遅延魔術《ディレイ》の二つを連鎖魔術《チェイン》で繋げることで、たった一度の攻撃が幾重にも重なるように発動する。

その中で彼女は剣を振るう。それこそ、魔術を使っている時と、使っていない時の差などないかのように。

──くそッ！　やはり化け物かッ！

内心でそう不平を漏らすも、アルバートは冷静に対処していく。

しかし、試合展開は一方的なものになってしまう。

「はぁ……はぁ……はぁ……はぁ……」

すでに満身創痍《そうい》。

アリアーヌは傷の一つもついていない。

だというのに、アルバートは全身が傷だらけ。流れ出ている血を拭うと、彼はさらに剣を構える。

技量は劣っている。魔術的な面でも、剣技的な面でも。

ここにこうして立っているのは、ただ我慢強く、負けるわけにはいかないという意志があるからこそだ。

一方のアリアーヌは剣をスッと振るうと、付着した彼の血液を地面に払う。そうして上段に剣を構え直すと、淡々と告げる。

「負けを認めませんの？　これ以上は……危ないですわよ？」

「はぁ……はぁ……あぁ……分かっているさ。今までの俺ならば、とっくに諦めているだろう。でもな……心が負けを認めないんだ。俺は絶対に倒れないし、薔薇も散らさない。さぁ、我慢比べと……いこうぜ？」

肩で息をしながら、ニヤリと微笑むアルバート。

本領である魔術はろくに使えず、剣技でも完封されている。

観客の中にはそんなアルバートを情けないと思っている者もいた。貴族ならば、引き際くらい分からないのかと。これ以上の無様な姿をこの魔術剣士競技大会《マギクス・シュバリエ》で晒《さら》すのかと。

しかし二人のこの世界に、そんな無粋な思考はない。

「うおおおおおおおおおおおおおおおおッ！」

雄叫《おたけ》び。

——奮い立たせろッ!! 俺はまだ、まだ、負けていないッ!! 痛覚が、感覚が失《う》せようが、身体は動くッ！

その時、いつかレイに聞いた話がふと……想起される。

——俺も迷い、葛藤し、焦燥感に惑いながらも……ただ前に進むしかない時期があった。今のアルバートの気持ちがすべて分かるとは言わない。でもそれを飲み込んだ上で進んでこそ、辿《たど》り着《つ》ける場所もある。

そうしてアルバートの剣戟が上段からアリアーヌに襲いかかる。すでに剣を捨てた彼女に防御する術はない。すでに避《よ》ける段階にもない。

必中。

だが彼は、目の前で発動する魔術の気配を確かに感じ取っていた。

「——鬼化《オーガ》」


ぼそりとアリアーヌがそう呟《つぶや》く。

刹那。アルバートの剣は受け止められていた。

「な……あ……」

もう声にならない声しか出なかった。

そう。アリアーヌはその剣を両手で挟み込むようにして摑んでいたのだ。


真剣白刃取り。


これには、観客も最高潮に沸く。実況の声もまた、さらにヒートアップしていく。それほどまでに卓越した技術。いや、胆力とでも言うのだろうか。

「アルバート、覚悟しなさい」

彼女の四肢には、赤黒いコードが幾重にも重なるようにして走っていた。

そして異常なまでに灼《や》けるように発光する腕を使って、アルバートの持つその剣を素手で叩き折ると、そのまま容赦無く拳を彼の鳩尾《みぞおち》へと叩き込む。

「ぐうぅぅううう！　アアアアアア……ッ！」

呻《うめ》き声を上げながら、転がっていくアルバート。しかし諦めてはいない。とっさにした防御は間に合っている。まだ、まだ戦える。

だが無情にも、受け身をまともに取る暇もなかった彼はそのまま場外へと叩き出されてしまった。

そうして試合終了のコールが告げられる。

「勝者、アリアーヌ＝オルグレン」

それと同時に、会場はさらに盛り上がりを見せる。

「し、試合終了おおおお！　なんと、なんと！　あれはアリアーヌ選手の奥の手でしょうか!!　あのアルバート選手を場外へと一気にふっ飛ばしましたっ!!」

「あれはきっと固有魔術《オリジン》だね～。おそらく、四肢に内部《インサイド》コードを集中させていると思うけど、あのレベルはちょっと学生のものを超えているね～☆　ちなみに、汎用的な魔術ではなく、特定の魔術師だけが使用できる魔術のことを固有魔術《オリジン》って言うんだよ～」

「なるほど。毎年本戦では、固有魔術《オリジン》は見ますが……新人戦では珍しいですね」

「そうだね～☆　しかもあれだけ物理特化したのはちょっと、すごいかもね～☆　これは決勝が楽しみだね～、キャピ☆」

負けた、という事実を受け止めると観客の大歓声も、実況と解説の声も自然と耳に入ってきた。

アルバートは、ただ地面に大の字になって……空を見上げていた。

——あぁ、そうか。今日はこんなにも綺麗な青い空だったのか。


今更、そう理解する周りの状況。

アルバートは完全に試合に没頭していたからこそ、気がつくことはなかった。

そうして空を見上げていると、足音が聞こえてくる。

それが彼のそばで止まると、声が耳に入ってくるのだった。

「悔しいんですの？」

「あぁ……」

アルバートは、なんとか声を漏らす。

「ならば、努力しなさい。決して驕《おご》ることなく、自己に向き合い、研鑽《けんさん》を重ねることしか、わたくし達にはできないのですから。魔術師として大成したいのなら、そうするしかありませんわ」

「あぁ……」

「だからその涙は、きっといつか未来のあなたの力になりますわ」

「そうか……」

「ええ。では、ご機嫌よう」

傷一つ付いていないアリアーヌは、そのまま悠然と翻り、この会場を去っていく。

一方のアルバートは、ただただ無表情のまま涙を流していた。

顔を歪《ゆが》めることもなく、ただじっと空を見つめて涙を流すだけだった。

そうして周りに救護班の人間がやってくるのを感じた。

もう完全に動けないアルバートは治療魔術をすぐにかけないといけないほどに、ひどい負傷だった。

彼はただじっと、この広い空を、青く澄み渡る空を見つめる。

——敗北とは、こんなにも苦しいのか……苦しい、とても苦しいが……きっとこれは、俺には必要なものなのだろう。なぁ、そうだろう……？

悔しさを覚えたアルバートはこれからも進んでいく。幾多もの敗北を、幾多もの苦しみを知りながらも、彼が歩みを止めることは……ない。

アルバートは何度だって立ち上がる意志を、もう持っているのだから——。

医務室。

アルバートはそこに運ばれ、ちょうど治療されている最中だった。現在彼の意識はなく、ただベッドに横たわるのみ。そこでは医療魔術を専門としている二人の男女の魔術師が、彼の治療を担当していた。

「彼、大丈夫？」

「ええ。大丈夫ですよ。この程度でしたら、すぐに治療できます」

「じゃ、お願いできる？」

「分かりました」

女性の魔術師は頼んで、医務室を後にする。男性は魔術によってアルバートを治療しようと試みるが。

瞬間、ニヤリと男性が微笑む。

それと同時に、アルバートの真下に黒い影が広がるようにして出てくると、そのままドプンとまるで水中に落ちていくかのように、彼は音もなく沈む。

「クク。ククク……」

男の不敵な声が響く。

そうしてアルバートもまた、行方不明者のリストに加わることになってしまう。

裏から忍び寄る脅威は、確実にこの魔術剣士競技《マギクス・シュバリエ》大会を侵食していく。

第七章 きっと君は、大空に羽ばたく

「ローズ選手、一言ください！」

「決勝戦に向けての意気込みを！」

「あのオルグレン選手にどう立ち向かいますか⁉」

「固有魔術《オリジン》についての対策は⁉」

うるさい、うるさい、うるさい、黙れ、黙れ、黙れ、と私は心の中で思っていた。

大勢の取材陣が、私を取り囲む。

そして矢継ぎ早に質問をしてくる。

ただ私のコメントが欲しいという一心で。

今の私が、何を思っているのかも知らずに。

だが私は、表面上は毅然《きぜん》とした態度でそれに応じる。

「そうですね。全力を尽くしたいと思います」

「勝てる自信はありますか⁉」

「アリアーヌ＝オルグレン選手は強敵です。だからこそ私もまた、全力で挑む所存です」

私は仮面を貼り付けて、ただ淡々と数々の質問に答える。でもそれは、取り繕ったものでしかない。全力を尽くすなど、当たり前のことだろう。そんなことも理解できないのか、と目の前にいる記者に言いたくもなるが……この感情の行き場はそこではない。

いや、私の感情の行方など、どうでもいいのだ。

ただいい言葉を引き出したいと、そう思っている集団なのだから。

私は準決勝を終えた時は、純粋に嬉《うれ》しかった。

「私も、私もなんとかここまで来れた……できる。私はちゃんと進める……」

会場から控え室に戻るとき、そんな独り言を呟《つぶや》きながら自分の勝利を嚙《か》み締《し》めていた。

とうとう決勝戦だ。

私はここまでくることができた。きっとレイとの日々がなければ、私はここまでたどり着くことはできなかっただろう。

「すごい。二人とも……」

二人の試合を一番近くから見る。選手控え室から通じる通路の先、そこで私はアリアーヌとアルバートの戦いに見入っていた。

押しているのは圧倒的にアリアーヌだ。

だというのに、彼は折れない。

ずっと耐えに耐え続けて、その猛攻を凌《しの》いでいる。

もう負けを認めても、誰も文句は言わないだろう。

だというのに、鬼気迫るアルバートの表情を見れば決して諦めることはないのだと分かった。

身体中《からだじゅう》は傷だらけ、それに節々が凍りついている。

きっともう……まともな感覚も残っていないに違いない。

だというのに、それでも食い下がる。諦めない。

彼もまた、レイとの戦いを経て変わった。

純粋にそれはすごいことだ。

今までの自分を否定して、そこから進み続けることの過酷さを私は知っているから。

だが私は次の瞬間、自分の自信が、今まで積み上げてきた自信が、打ち砕かれるのを感じた。

それはまるで、ガラスが粉々に砕かれるような感覚。

私を構成している全てが、壊れていくような気がした。

「な……何……あれ……？」

アリアーヌの四肢は赤黒く変色していた。

その四肢には赤黒いコードが幾重にも重なるようにして描かれており、アルバートが振るった剣を真剣白刃取り。そしてそれをあろうことか、握り潰したのだ。

そこから先はあまりよく覚えていない。

アリアーヌが彼の腹部に拳を振るうと、まるで人ではない何かを吹っ飛ばしたかのように、地面を転がっていく彼の姿を見て、私はイメージしてしまった。

あれはきっと、次の試合の私だ。

はっきりと理解できる。

あの魔術は、固有魔術《オリジン》だ。

きっとアリアーヌが努力に努力を重ねて、才能のあるものが努力を重ねた先にたどり着ける……その極地。それこそが、固有魔術《オリジン》だ。


「私はどうやって、戦えばいいの？」


呆然《ぼうぜん》と見つめることしか、私はできなかった。

取材を受けた後は、足取りが重かった。

今はただ、何も感じたくなかった。ただ一人でいたかった。

幸いなことに、明日は休みだ。それに、明後日《あさって》は決勝の前に新人戦と本戦の三位決定戦がある。

私が出場する決勝戦は、午後からだ。

まだ、まだ時間はある。


「朝、か」

目が覚める。

そして適当に食事をとって、また眠った。

時間は無残にも過ぎ去っていく。

そうして何も出来ないまま……魔術剣士競技大会《マギクス・シュバリエ》、決勝の日を迎えた。

今日この日に、全てが決まる。

「……」

呆然と歩みを進める。

取材陣にバレないように移動して、私は早めに控え室にたどり着く。現在は、もうすでに三位決定戦が始まっていることだろう。観客の歓声も、実況と解説の大きな声もよく聞こえる。

でも今は、そんなものは聞きたくはなかった。

私は部屋の隅っこで、ただ自分の膝を抱えて……頭を伏せる。


やっぱり私は血統でしかないのだ。

部屋の隅で縮こまり、葛藤して、自分に負けそうになる。

それが、アメリア＝ローズの本質だ。

みんなに会いたい。

レイに、彼に会いたい。

話したい、この心の内を。

曝《さら》け出してしまいたい。もう全て投げ出してしまいたい。

でも誰もここには来ない。

そう何度目か分からない思考を繰り返すと、控え室の扉が開いた音がした。でも時間はまだのはずだ。

――どうして扉が……？

すると頭の上から……懐かしい声が聞こえた気がした。

いや、懐かしいなんて表現は大げさだけど、今の私はもうずっとその声を聞いていない気がした。


「――アメリア」

幻聴が聞こえる。

そんな訳ないのに。レイは運営委員の仕事もある。

ずっと忙しそうにしていた。

だからこんな場所にいるわけがない。

これは弱い心が生み出した幻聴だ。

でも、この手にそっと触れる彼の手は、確かに温かいものだった。

幻想などでは、なかった。

「アメリア。ここにいたのか」

「どうして、ここが……？」

「訓練の時から、アメリアの逃げる場所は熟知しているさ」

「そ、そんな。だって、だって私は……」

そっと触れてくるその手を、乱暴に振り払う。

今はレイにだけは、見られたくなかった。

会いたいと願ったけれど、こんな情けない姿は見られたくはなかった。

そう思っていた私は気がつく。

よく見ると、レイの手もまた震えているのだ。

「アメリア。俺は怖かったんだ……」

「え？」

何を言っているのだろう。

聞き間違い……？

そう思って顔を上げると、いつものような自信に溢《あふ》れた顔ではなく、何か迷っているような、それこそ泣きそうな彼の顔が目に入る。

「レイ……」

そうして私たちは、試合前の最後の言葉を交わす。

私は知る。彼の本当の想《おも》い、そして自分の本当の想いを――。

◇

決勝戦の二日前。

俺たちはアリアーヌ対アルバートの準決勝を観戦していた。

「あれは、固有魔術《オリジン》か」

今はアメリアの試合も終わったのだが、次の試合はアリアーヌ対アルバートということで、引き続き同じ席でその試合の行方を見つめる。

だがもうすでに、勝敗は明らかだった。

この試合は、アリアーヌが勝つ。

アルバートは確かに努力を重ねてきた。しかしアリアーヌに届く程には至らなかった。

それはきっと戦っている彼が一番理解しているだろう。

分かっている。もう敗北は必至だと、アルバートは理解しているが、決して諦めない。

その表情は、その双眸《そうぼう》は、彼の不屈の意志を表していた。

そのあとは、フッとアリアーヌが微笑《ほほえ》むと彼女はあろうことか、剣を捨てた。もちろんアルバートはその隙を逃しはしない……が、アリアーヌが発動した固有魔術《オリジン》の前に敗北してしまった。

剣を素手で叩《たた》き折り、ただ拳の一振りで防御に専念したアルバートをあっけなく場外まで運ぶ腕力。しかもそれは、おそらくまだ本気ではない。

おそらく、真の実力の片鱗《へんりん》でしかないだろう。

「おいレイ。あれって……」

「固有魔術《オリジン》だな。それも、物理特化したものだ」

「そ、そうだよな」

エヴィの声は微《かす》かに震えていた。

確かにあの魔術を見れば、圧倒されるのは当然だろう。アリアーヌの四肢は赤黒く染まり、そこにはコードが走っているのが可視化されるほどだ。第一質料《プリママテリア》の可視化にコードの可視化、という現象は珍しいものではあるが、確かに存在する。

でもそれは、限られた魔術師しか起こせない現象。

それにあの若さでたどり着いているとは……素直に脱帽せざるを得ない。

アリアーヌ＝オルグレン。

その自信は決して虚勢などではない。あの能力があるからこそ、彼女はあそこまで自信を持って振る舞えていたのだ。

でもアメリアは大丈夫なのか。

今のアメリアに、彼女に立ち向かえるだけの能力があるのか。

そう問われてしまえば……ない、としか言えない。

いや戦うだけの技量はある。圧倒されるかもしれないが、勝ち筋が完全に消えたわけではない。

それに固有魔術《オリジン》は第一質料《プリママテリア》の消費が激しい。持久戦に持ち込めば、勝ちは見える。

そうアメリアに伝えたいが……俺は、今の彼女に何かを言うべきなのか。

避《さ》けられているのは知っている。だからそっとすべきなのではないのか。

だが俺は本当にそれでいいのか？

アメリアをこのままずっと、放っておいてもいいのか？

そんな葛藤が生じる。

だがその時は、答えが見つかることはなかった。

次の日は休息日だった。

そして明日には、ついに決勝戦が始まる。とうとうこの魔術剣士競技大会《マギクス・シュバリエ》も終わりが近づいてきた。今の所は、表向きは何の問題もなく進行している。

だが、死神《グリムリーパー》の介入がいつあるかも分からない。警戒はしておくべきだろう。

「……」

今日は特にすることもなかった。

アメリアは大丈夫なのだろうか。

今日は、ずっとそのことばかりを考えていた。

アメリアはあの試合を見て、打ち拉《ひし》がれているかもしれない。

俺は分かっている。アメリアと同等か、それ以上に彼女の能力のことを理解している。

打開策はある。戦えるだけの技量もある。

でもその心が負けを認めてしまえば、全てが無駄になる。

アメリアはあの圧倒的な固有魔術《オリジン》を前にして、立ち向かうことができるのか。

友人ならば、ここで一声かけるべきだと、俺は思う。

でもこの体は動かなかった。

ただただ、その心に触れていいのか、迷うばかりだった。

「アメリア。君は……」

そうして考えるうちに、朝がやってきていた。

彼女のことを心配するあまり一睡もできなかった。

今日はついに決勝戦だ。

応援に向かおう。

そう思って扉を開けようとするとそこには、エリサ、クラリス、エヴィの三人がいた。

どうしてこんな朝早くに？

そして、全員の表情が真剣なものであると気がつく。

「レイくん。その……」

口を開いたのは、エリサだった。

「どうかしたのか？」

「その……実は、ね。みんなでアメリアちゃんのところに行こうと……そう思ってたんだけど……やっぱり、レイくんが行くべきだと……思って」

「俺が？」

そう告げると、クラリスとエヴィは静かに頷《うなず》いて口を開いた。

「レイがね、迷ってるのは分かってるわ。アメリアのところに行っていいのか、ずっと考えていたんでしょ？」

「珍しくレイが応援に集中できていなかったからな。それは俺も気がついたぜ」

あぁ。

そうか。そういうことだったのか。

どうやら、友人たちには俺の葛藤などお見通しだったようだ。

これは素直に認めるしか、ないだろう。

そうして俺はポツリと、まるで溢れ出る一粒の雫《しずく》のように、自分の心を曝《さら》け出す。

「やはり隠し事はできないか。正直に言おう。俺は……怖かったんだ。彼女の心に踏み込むことが。アメリアがずっと悩んでいるのは、分かっていた。でも俺は踏み込んでいいのか……ずっと迷っていた」

そうだ。俺はずっと迷っていたんだ。

先に進んでもいいのか。こんな俺でも、人のためになれるのかと。

そう……悩み続けていた。

「その心に触れていいのか、壊してしまうことになるのではないかと、そう考えていたんだ。自分の選択肢は間違っていないかと、ずっと問い続けて、逃げていた。アメリアと向き合うことから——」

話してしまえば、この想いは自然と言葉にできた。

いつだって一人ではどうすることもできない。

師匠と出会った時も彼女に助けてもらった。

そして今は、友人に助力を求めている。

今までの俺ならば、この行為すら否定していただろう。

でも今は、この信頼できる仲間の前だからこそ、自然と想いを口に出来た。

そう想いを曝《さら》け出すと、エリサがソッと俺の手を包んでくれる。

「レイくん。きっとね今、アメリアちゃんの心に触れることができるのは、レイくんだけだよ。私たちがみんなで行っても、アメリアちゃんはまた取り繕う。そして無理して笑って、そのまま決勝戦に行っちゃう……」

エリサのその表情、そして言葉はいつになく真剣そのものだった。

そして彼女はギュッと胸の前で手を握ると、さらに言葉を続ける。

「でもね、レイくんが私たちに言ってくれたように、思っていることを口にすれば……届くと思う。アメリアちゃんは、待ってるよ。ずっとずっと、レイくんのことを待ってる。私たちもこのことをずっと見て見ぬ振りをしてきたけど、今じゃないと……きっと間に合わない。そしてそれができるのは……レイくんだけだよっ！」

「そうね。エリサの言う通りよ。レイ、あなたが行くべきよ。大丈夫、きっとアメリアは心を開いてくれると思うわ」

「俺があまり言えた義理じゃねぇが、レイ。お前もまた、悩んでいるのは知っていた。同室だしな。でも、ここしかねぇと思う。あのアリアーヌ＝オルグレンに立ち向かうのは、きっと怖ぇと思う。でもだからこそ、お前は力になれる。お前が俺たちを信じてくれているように、アメリアもきっとレイを信じていると思うぜ」

あぁ。そうか。

やはり、俺の選択は間違っていなかったようだ。

俺の言葉はアメリアに届く。

いや、届かせる。

俺は怖かった。自分の心の内を曝け出して、否定されるのが。

でもみんなは信じてくれている。

それにアメリアは求めているのだ。

きっと、彼女のことだ。今頃、部屋の隅っこで、一人で縮こまって泣いているかもしれない。

俺はそれに、分かっていた。

アメリアは三大貴族筆頭のローズ家の長女であると同時に、ただの十五歳の少女であるということを。

特別なことなどありはしない。普通の人間と同じように、彼女にだって弱い面はある。

だからそれに寄り添ってもいいのだと。

昔、師匠にしてもらったように、アメリアのためにできることが俺にもあるのだ。

もう自分に言い訳はしない。もう待っているのは、終わりだ。

俺は進んでいいんだ。この選択は、間違いじゃない。

それはみんなが証明してくれた。

だからあとは思うままに、俺はアメリアの力になればいい。

「みんな、ありがとう。行ってくる。そして、アメリアに伝えてくる。俺の想いを」

「うん……っ！」

「行ってきなさいっ！」

「レイ、頑張れよっ！」

エリサ、クラリス、エヴィの間を抜けるようにして俺は走り出した。

今はただ、アメリアに、早く彼女の元にたどり着きたいと俺はそう願いながら、この宿舎から出て行くのだった。


「アメリア。ここにいたのか」

「どうして、ここが……？」

「訓練の時から、アメリアの逃げる場所は熟知しているさ」

「そ、そんな。だって、だって私は……」

見つけた。色々なところを探し回った。これだけ人の多い場所では、アメリアの痕跡だけ追うのは難しかった。

でも俺はきっと、彼女はここにいるはずだと思った。

アメリアは、逃げはしない。でも、内心ではきっと逃げたいのだろう。

アリアーヌのあの固有魔術《オリジン》を見てしまえば、恐怖するのは当たり前だ。

だからアメリアは、この場所で一人で嘆いているだろうと考えてここまで来た。

そして膝を抱えているアメリアに近づいていくと、俺もまた腰を下ろす。視線を彼女に合わせて、その震えている手を握りしめる。

「アメリア。俺は怖かったんだ……」

「え？」


俺の手もまた、震えていた。

情けないとも。こうして向き合うと覚悟を決めたのに、未《いま》だに俺の心は怖がっている。人に向き合うのは、こんなにも怖いのかと改めて思う。

でも、それでも告げる。

それこそが、俺がここにきた意味なのだから。

「俺は分かっていた。いや、俺だけじゃない。ここに送り出してくれた、エリサ、クラリス、エヴィのみんなも。アメリアが悩み、苦しんでいるのは分かっていたんだ……」

「そう、そうなんだ。みんな、分かってたんだ……あ、あはは。その、がっかりした？三大貴族のローズ家の長女がこんなざまだなんて、わ、笑っちゃうよね……？」

アメリアは無理やり笑顔を作りながら、涙を流していた。

いやそれは、笑顔にもなっていない。

ただ顔を歪《ゆが》めながら、俺の顔色を窺《うかが》うようにじっと見つめてくる。

涙を流しているというのに、中途半端な笑顔を作って、取り繕おうとしている。

あまりにも痛々しいその姿。

俺はそんな彼女の手に指を絡ませるようにして、再び握り直すとさらに言葉を続ける。

「アメリア、話してほしい。君の心が知りたい。俺は触れたいんだ、君の心に。もう、逃げたくはない。後悔はしたくない。だから、正直に話してほしい。もう取り繕う必要も、仮面をつける必要も、ないんだ」

「そっか。やっぱり、レイは分かっちゃうんだ。そっか。あーあ、本当に私ってどうしようもないね……」

それからアメリアはポツリ、ポツリと、自分の過去を語り始める。

今まで何を思って生きてきて、どうしてここにたどり着くに至ったのかを。

「私はね。ただずっと、周囲の願うアメリアをね、演じてきたの。勝手に他人が思う自分を想像して、振る舞って、ローズ家の長女にふさわしい自分になるためにね」

そうか、アメリアはそんなことを考えていたのか。

改めて俺は、その心の内を知るのだった。

「それで、ずっと頑張って、頑張って、頑張って、頑張って、ここまできた。でも、ははは……レイの過去に比べれば、こんなのって本当にどうってことない、ことだよね？　本当に些細《ささい》なことで、あなたの悲惨な過去と比べれば私なんて……」

呆然と、ただ下を向いてそう告げるアメリア。

零《こぼ》れ落ちる涙が、地面に広がっていく。

そんな様子を見て、俺はさらに自分の想いを語る。

「アメリア。自分の過去と、俺の過去を比較しても意味はない。俺の過去に比べて、自分の苦しみが軽いと思って、君は楽になったのか？」

「それ、は……」

震えている。互いに、震えながらも会話を続ける。

俺たちはこうすることでしか、互いの気持ちを理解できない。

「そうだ。そんなことはない。その苦しみは、誰かと比較しても癒《いや》されはしない。分かっているさ、俺も経験したことだから。だから、比較しても意味はないんだ。アメリアはずっと苦しんできた。そうだろう……？」

「そう。その、通りだよ。ずっとね。ずっと辛《つら》かったの……苦しかった。どうして、こんな思いをしてまで、生きていくんだろうって。ずっと、ずっと思ってたの……」

「……」

黙ってその言葉に耳を貸す。もちろん、この手を離すことはない。

ギュッと握って、彼女の切実な想いを理解する。

「みんなと出会って、レイと出会って、何かを摑《つか》めると思った。この大会で優勝できれば、私はきっと何者かになれると。そう、私は考えてたけど。ははは……結局、アリアーヌには勝てないよ」

アメリアはただ静かに、涙を流し続ける。

「いつまで経《た》っても、私は籠の中の鳥でしかない……ねぇ、レイ。どうして、どうして私は生きているの？　偽って、自分を演じて、理想の姿を体現している。それでも彼女に届かない。届くことは、ない。こんな私の人生に、意味ってあるの？」

そして、アメリアは再び一筋だけ涙を零す。

「教えてよレイ。私はどうして生きているの……？」

重なり合わせる手と手。

いや、いま重ねているのは俺とアメリアの心と心だ。

やはりアメリアはその内に抱え込んでいた。

アメリアの苦しみは、ずっと、それこそ十年近くに亘《わた》って続いている。

そこに踏み込む以上、俺は彼女に伝えるべきことを伝えたいと思う。

きっと俺は上手《うま》く言葉にできないのかもしれない。

それでも、彼女の心に触れたいと願った俺は、いつかの自分がしてもらったように誰かを救えるのだと。

俺は命を奪うだけではなく、誰かを救ってもいいのだと、そういう生き方を選びたかった。

だからこの想いを、言葉にすればいい。


「――アメリア。人間に生きる意味なんてないんだ」


呆然としているようだが、俺は自分の想いを吐露する。

「そ、そんな……」

「俺たちに、人間に意味などない。人の生み出すものは、全てが先に目的がある。その目的という願いを元に、人は多くのものを生み出した。でも俺たちは、その目的の前に存在がある。俺があの戦争を経験するしかなかったように、アメリアも貴族という枠から出ることは、できない。俺たちの存在に意味などないからだ。生きる意味など、ない。俺だって、そんなものは、分からない……」

そうだ。

生きる意味などありはしない。

そんなものは初めから存在していない。だからこそ——大切なことがあるんだ。

「でもそれなら、私は。私はどうしたら、どうしたらいいの？　レイにも分からないのに、意味もないのに、どうして生きるの？　ねぇ、どうして……？」

俺は彼女を思い切り抱きしめた。

ただただ、感情のまま行動を起こした。

その縋《すが》るような瞳を、絶望に染まる彼女を、俺は救いたいと思ったから。

思えば、ここまで感情的になることなどなかった。

それは怖かったからだ。

この感情を晒《さら》した先に、何が待っているのか。拒否されてしまうのではないかと、考えてしまうから。

俺の心にはまだ、あの戦争の傷跡が残り続けている。

でも、ずっと傷ついてきたのはアメリアも同じだった。

だからこそ、俺はこの感情を……今だけは曝け出す。

想うことをただ想うままに、言葉にするのだ。

そして、力の限りアメリアの体を抱きしめる。

「でも、アメリア。俺たちは、人間は、生きる意味を見出せる。生まれた意味はない。生きる意味も、初めから存在などしていない。しかし、俺たちは意味を見出せる。自分の人生には、自分で意味を作るべきなんだ。だから俺は、君と一緒に探していきたい……そして、みんなと一緒に探していこう」

ずっと怖かった。

自分の想いを言葉にすることが。人の心に触れ合うことが、俺はまだ怖い。

でもそれは、話してしまえば自然に出てきた。

「俺だって弱い。人間はそういう生き物だ。完璧な人間など存在しない。誰だって弱い面がある。だからこそ、こうして触れ合って、心と心とを重ねるんだ。それじゃ、ダメか？一緒に意味を探すのは、君の生きる意味に、ならないか……？」

ずっとこれを伝えたかった。

借り物の言葉ではなく、俺は心から想うことを彼女に……こうして伝えたかったのだ。

俺は共に進みたいと願っていた。

互いに寄りそって、前に進んでいきたいと。

そう言葉にするのが、こんなにも難しくて、怖くて、これほどまでに時間がかかるなんて思ってもみなかった。

だが、一度覚悟を決めると自然と伝えることができた。

アメリアの心に俺の心が触れるような、そんな感覚を覚える。

今までずっと心の奥にあった何かが、氷解していくような気がした。

そして、彼女はしばらく黙ったまま……涙を流して、再び言葉を紡ぐ。


「う……ぅうう。いい、の……？　私が、こんな私がそばにいても？　こんなにも弱虫で、泣き虫な、私でも、いいの？　みんなのそばに、レイのそばにいても、いいの？　もう偽らなくても、そのままの私でも、弱い私のままでも、いいの……？」

「当たり前だろう。君はいていい。生きていていい。だから一緒に生きていこう。探していこう。俺もアメリアも、まだ途上だ。だから、行こう。一緒に、進んでいくんだ。苦しみながらも、悲しみながらも、みんなと共に生きていこう。その弱さを、みんなで支え合いながら、生きていこう。俺は君と一緒に、進みたい」

「うん……っ！　うん……っ！　うわあああああああああっ！」


アメリアは嗚咽《おえつ》を漏らしながら、ただただ泣いた。

そして俺もまた、一筋だけ涙を零した。

そうだ。

俺たちは誰もが探しているんだ。生きていく意味を。
でも一人ではきっと、心が折れてしまう。
だから触れ合うのだ。
求めるのだ。
他人の心というものを。
そして言葉を交わすことで、心と心を重ねていくんだ。
本当の心の内など、言葉にするまで分からない。
だからこそ、俺たちはこの溢れ出る想いを言葉にして触れ合っていく。
そうしてきっと、成長していくのだろう。
魔術師としてだけではなく、人間としても。
アメリア。もう、大丈夫だ。
君のそばには、友人が、そして俺がいる。
だから一緒に生きる意味を探して、生きていこう。
これから先も、一緒に進んでいこう。
その先の彼方《かなた》へと――。

「アメリア、落ち着いたか？」

「うん。そ、その……ありがとう、レイ」

「俺としても、君の力になれたのなら嬉しい」

「う、うん」

顔を真っ赤にしながら俯《うつむ》く彼女は恥ずかしいのか、俺から視線を逸《そ》らしながらそう言葉にする。

その一方でアメリアと俺は依然として指を絡ませるようにして手を握っていたが、どうやらもう、そういうわけにもいかなくなった。

本戦の三位決定戦が終了したようだ。

試合が終了したのは弛緩《しかん》した雰囲気と、大歓声によって理解できた。

また新人戦の方は、表向きはアルバートが負傷のため不戦敗となっている。そのため、時間は予定よりも前倒しになっている。

俺たちは、試合前の最後の会話を交わす。アメリアの背中を押すためにも。

「アメリア。ついに決勝だ」

「うん」

「アリアーヌは強いだろう」

「……うん。そうだね」

率直に、現実をアメリアに突きつける。

だがきっと、今の彼女ならばもう大丈夫だろう。

「あの固有魔術《オリジン》に立ち向かうのはきっと、怖いと思う。あれは完全に物理特化したものだ。少しでも防御を緩めれば、一気に持っていかれる。でも俺との戦いを乗り越えた君なら、活路は見出せる」

「……うん」

「アメリアなら、戦える。立ち向かえる。俺は君に全てを教えた。それに……」

「それに？」

「いや、ここから先は至る者にしか分からない。その時が来れば、俺の言葉の意味が理解できるだろう」

「……そっか。うん。レイが言うならそうなんだろうね」

よく見ると彼女の手はまだ震えていた。

俺はそんなアメリアの震える手を再びそっと握りしめる。優しく包み込むようにして、彼女のその手を握って熱を伝える。

「大丈夫だ。アメリア。俺は見ているから。そして、信じている。きっと君なら勝てると」

「うん……っ!!」

その顔は涙の跡で真っ赤になっているも、もう……陰りは見えなかった。

まるで憑き物《つきもの》でも落ちたかのように、晴れやかな表情をしていた。


「──ッ」

瞬間、気配を感じる。本当にごく僅かな殺気。

それこそ、俺にしか分からないようにしているのか……アメリアは気がついていないようだった。

しかしこれは誘っているのだろうか。いや、そうとしか思えなかった。

──なるほど、このタイミングで来たということか……。

そして俺は同時に、昨日の部長との会話を思い出していた。それはこの大会の裏に潜む死神《グリムリーパー》の件についてだ。


「アルバートが行方不明ですか?」

「あぁ。医務室に運ばれてから、その行方を追えなくなったらしい。これでより確実になったのは、明らかに貴族を狙っているということだな」

「そうですか。アルバートが……」

あの試合の後に医務室に運ばれ、そこで誘拐されたのか。

俺はただただ許せなかった。どれだけの想いで、気力で、戦っていると思っている。その想いを踏みにじるかのように、魔術剣士競技大会《マギクス・シュバリエ》に害をなしている存在は到底、許容できるものではない。

だがここで感情に任せても仕方ない。

まずは冷静に対処していくべきだ。

それに師匠たちも動いているのだ。それを信頼すべきだろう。

まずは自分に何ができるのか、その確認だ。

「レイいいか。落ち着いて聞け。おそらく、誘拐された生徒たちはまだこの会場のどこかにいる。一箇所に集められている可能性が高いな。そして大会終了に紛れてそのまま連れ去っていく予定だろう。まぁこちらは学院長たちが対応している」

「はい」

「だからこそ、俺たちが対応すべきは、今後の被害を防ぐことだ。おそらく、現在一番危ないのは、三大貴族とクラリス＝クリーヴランドだろう」

「クラリスですか？」

「あぁ。上流貴族の中でも、クリーヴランド家は最も三大貴族に近いとされている。実はアメリア＝ローズとクラリス＝クリーヴランドにはかなりの数の護衛をつけている。だがレイは彼女たちと接する時間が長いだろう？」

クラリスの家の話は、師匠の家に行った時に詳細を聞いた。

それは俺が予想しているよりもはるかに大きい貴族の家らしい。

曰《いわ》く、三大貴族の次にくるとか。

ということは、クラリスもまたアメリアと同様に大貴族のお嬢様なのだ。

狙われる理由はそれだけでも十分だという話だった。

「はい」

「だからこそ、お前にも警戒してほしい」

「了解しました」

「あぁ。レイのことは信頼している。よろしく頼む。俺たちも裏で動くが、一応警戒は怠るなよ。何があるか分からないからな」

「は。了解しました」


昨日の会話から察するに、俺が感じたこの殺気は間違いなく死神《グリムリーパー》による介入だろう。明らかに誘っているとしか思えない場所に飛び込むのは、危険が伴う。しかし、ここで行かないという選択肢は存在しない。

ここから先は決勝戦だ。

選手達も、観客達も待ち望んでいるのだ。

行かないわけにには、いかない。

そう考えると、俺は彼女に改めてこう告げる。

「アメリア、すまない。どうやら、少しだけ遅れていくことになりそうだ」

「？　運営委員の仕事？」

「あぁ。そんなところだ。でも絶対に、見にいく。その勇姿を焼き付ける。だから待っていてくれ」

「ふふ。レイが来る前に、勝っちゃうかもよ？」

微笑む。

それは今までのものとは違う。アメリアの本当の心からの笑顔だった。

純粋にそれは美しいと、俺は思った。

「そう言えるのなら、大丈夫だな」

「そう、かな？　私、大丈夫かな？」

上目遣いで、じっと俺のことを見つめてくるアメリア。

それは何かを欲しているようにも思えた。

「もう一度。もう一度だけ、抱きしめてもらっても……いい？」

「もちろんだ」

互いの距離を詰めると、今度は優しくアメリアを包み込むようにして互いの体を抱きしめ合う。

熱が伝わる。

鼓動が聞こえる。

その全てが伝わってくる。

今、俺たちは確かに生きている。こうして感じ合うことができている。

言葉を交わすことなく、俺たちはその存在を互いに刻み込む。

そして、ほぼ同時にスッと体を離す。

「行って来るね」

「あぁ。優勝してくれ、アメリア」

「そうね。きっとそうなると思うわっ！」

「今のアメリアなら、きっとたどり着けるさ」

「うんっ！」

ニコリと微笑むと、アメリアは悠然とこの場から去っていく。その背中は今まで見た彼女の中でも、一番大きなものに見えた。

それは自信に満ち溢れた、そんな人間の姿だ。

だからきっと大丈夫だ。

アメリア、君ならきっとたどり着ける。

その場所にきっと。

君はもう、籠の中の鳥じゃない。

飛び立てるだけの翼を、もう持っているのだから。

「アメリア。俺も俺の戦いをしてくる」

「うん。レイ、私待ってるから」

アメリアは軽く振り返って、そう言葉にした。

「さて……」

――俺も行くしかないようだな。

そう覚悟を決めて、違和感を覚えた地下へと向かうのだった。

◇

「……」

地下へ向かう道の途中。

そこは明らかに死の匂いがした。

特別何か魔術的な要因があるわけではない。

ただ俺の今までの経験からして、ここには死を纏《まと》わり付かせた何かがいると感じ取ったのだ。

すでに能力はある程度解放してある、あとは接敵するだけだが。

慎重に歩みを進めていると、クラリスの顔が見えた。

「クラリスッ!?　どうして、ここにいるッ!?」

クラリスには護衛がついているはずだ。

それは事前に部長とも確認した。

だというのに、今は完全に一人だ。今まで後方に潜んでいたはずである護衛の魔術師の気配は、完全になくなっていた。

——まさか……敵にすでにやられてしまったのか？

そう思案するも、クラリスはいつものように話しかけてくる。

彼女はこの異常事態に気がついていないようだった。

「レイ、アメリアは大丈夫だったの？」

「あぁ。それは大丈夫だ。先ほど、無事に決勝戦に向かった」

「そっか。それなら、私も安心したわ」

「でも、どうしてこんなところにいるんだ。運営委員の仕事はないはずだろう」

すると彼女は、唖然《あぜん》とした表情を浮かべる。

「え？　急な運営委員の仕事があるって、先輩に聞いたからよ。ちょっと地下に行ってくれないかって。レイと合流して欲しいって言われたから、ここで待ってたのよ」

「……なるほど。そういうことか」

確実にこれは誘っている。

だが解《げ》せない。

どうして俺に気がつかれるような真似《まね》をした。今までのように潜んでいればいいものを。このタイミングでどうして。

と思案する暇もなく、俺は魔術の気配を感じ取る。

それはこの地下空間を覆うように広がっていき、完全に閉じてしまう。

「広域干渉か。仕掛けて来たな」

「え、え⁉　急に薄暗くなったけどっ！　停電⁉」

「クラリス。俺の側《そば》から絶対に離れるな」

「う、うんっ！　だけどこれって、もしかして魔術？」

「あぁ。広域干渉系の魔術だろう。すでにこの空間は外界から隔離された」

「外界から隔離っ⁉」

「あぁ。だが今は静かにしていてくれ」

「う……うん……」

彼女もこの雰囲気から尋常ではないものを感じ取ったのか、そのまま黙ってついてくる。

本当ならば、クラリスはここから逃がすべきだった。

だが話している間にも、相手の広域干渉系の魔術が発動。

間違いなく、俺とクラリスが合流したのを見計らっての行動だろう。

また外界から隔離されているのは、外にある第一質料《プリママテリア》が感じ取れなくなったことから明らかだった。

そしてさらに奥に進んでいくと、開けた空間に出た。

ここはいつも作業をしている場所である。

見慣れた空間。

でも今はその中央にたった一人だけぽつんと立っているのに気がついた。

周囲は暗くなっているも、まだ点灯している微かな明かりでその相手を認知する。

身長は百六十センチ前後だろうか。それにフード付きの大きなローブを羽織り、さらには仮面。その赤黒い模様の走った仮面には見覚えがあった。

「キタナ」

「何が目的だ」

「オマエヲ、コロス」

「俺が目的か……」

「ソッチノオンナハ、ツレテカエル」

「なるほど。やはり俺たちが狙いか」

まるで人形が話しているかのような、声。

その不気味な声に怖がっているのか、クラリスは震えていた。

「ど、どういうこと？　レイを殺して……私を連れて帰るって……」

感じ取っている。相手が振り撒《ま》くその殺気をクラリスもまた、理解しているのだ。

「レイ、逃げないとっ！　私たちがどうにかできる相手じゃないわっ！」

俺の腕を引っ張って、すぐに後ろに戻ろうとするクラリスだが、すでにここは相手の領域が展開されている場所だ。

おそらく、外に逃げるのはもう厳しいだろう。

もちろん、対物質《アンチマテリアル》コードを使えば可能だが、クラリスがいる今は逃げる方が逆に困難になるだろう。

だからもう、戦いを避けることはできない。

「クラリス。すまないが、応戦するしかないようだ」

「で、でもっ！」

「大丈夫だ。任せておけ」

「レイが強いのは知ってるけど、これはやばいわよっ！　分かるのっ！　だから早くっ！」

「クラリス。俺は負けない。それにこいつをここで逃すわけにはいかない」

瞬間、俺は体内時計固定《クロノスロック》を完全に解除する。

その間を縫うようにして相手は短刀を投げてきた。

俺が完全に戦闘態勢に入る暇すら与えないつもりなのだろうが、すでに準備は済ませてある。あとは適切に事を運ぶだけだ。

本来ならば、クラリスはこの場で待機しておいて欲しいが、敵の特徴なども考えて一人にしておくのはかなり危険だろう。

「きゃっ——！」

「クラリスッ！　しばらく喋《しゃべ》るなよッ！　舌を噛み切るぞッ！」

左腕だけで彼女を抱き上げると、そのまま俺は一気にコードを走らせる。

《第一質料《プリママテリア》＝エンコーディング＝物資《マテリアル》コード》
《物資《マテリアル》コード＝ディコーディング》
《物資《マテリアル》コード＝プロセシング＝減速《ディセラレーション》＝固定《ロック》》
《エンボディメント＝物資《マテリアル》》

「――氷千剣戟《アイシクルブレイズ》」

右手に顕現させるのは、氷剣。それをしっかりと握り締める。

そして敵が投擲《とうてき》してくるその短刀を、氷剣によって叩き落としてそれを凍らせていく。

これは飛び散る毒性の液体が体に触れないようにするための処置だ。

身体の動きは、悪くない。コードもよく走る。


「――そこか」


後方、上空。

そこにいた敵の顔面に、俺は容赦なく氷剣を突き刺した。

が、その仮面はやはり魔術的な強化が施されていたのだろう。

仮面が破壊されて、相手の額から血が滴るだけに止《とど》まってしまう。

「ぐう……ううぅ。ごほっ……やはりお前は、氷剣のようだな」

その声は、先ほどと異なり機械的なものではなかった。

おそらく仮面に音声を変化させる魔術を組み込んでいたのだろう。

それが破壊されてしまい、今は完全に素の声になっている。

「やはり、ということは知っていたのか。死神《グリムリーパー》」

「クク……ククク。もちろんだ。この場には七大魔術師が四人も、それに最強の氷剣がいるんだ。殺さずにはいられないだろう。滾《たぎ》る、血が滾る……」

おそらく大会の開始直後から俺のことは把握していたのだろう。そうして俺が出るしかない状況を作り出して、今に至るということか。

そして、敵は持っているその短刀を軽く払う。

その仕草を見て、こいつは殺しに慣れていると判断した。

だが、四人目の七大魔術師？　この場には、氷剣である俺、灼熱《しゃくねつ》であるアビーさん、幻惑であるキャロル、その三人しかいないはずだが。もう一人とは誰だ？

と、疑問は尽きないがやるべきことは一つだ。

「それ相応の覚悟はしてもらおうか、死神《グリムリーパー》」

「世界最強は誰なのか、教えてやろう」

俺の腕に抱かれているクラリスは、その会話を聞いて完全に呆然としていた。「そんな……レイが氷剣？　七大魔術師の……あの氷剣なの？」と呟いているが、今はその問いに答える暇はなかった。

これは死闘なのだ。たった一度のミスが死につながる。

「フフフ」

反響。

相手の声が、反響する。そして俺は完全に方向感覚を失う。どちらが前で、どちらが後ろなのか。いや、左右も分からない。自分が立っているのか、地面に座っているのか、それすらも分からない。

クラリスを抱きかかえている感覚は残っているが、分かるのはそれだけだ。

すでに明かりは全て消え去った。

「――死ね」

その声がどこから聞こえたのか、俺には分からない。反響しているこの領域では、音に頼っていては何も理解できない。五感に頼ることは不可能。ならば、五感に頼らなければいいだけだ。

俺はそして、新しいコードを走らせる。

《第一質料《プリママテリア》＝エンコーディング＝物資コード《マテリアル》》
《物資コード《マテリアル》＝ディコーディング》
《物資コード《マテリアル》＝プロセシング＝減速《ディセラレーション》＝固定《ロック》＝還元《レストレーション》》
《エンボディメント＝現象《フェノメノン》》

「――絶対不可侵領域《アンチマテリアルフィールド》」

俺は絶対不可侵領域《アンチマテリアルフィールド》を展開し、相手の位置を感覚的に理解した。

「そこか」

相手の場所を認識すると、すぐさまその場所に次々と氷剣を突き刺していく。もちろん敵はそれを躱《かわ》して、壁を疾走していくが、その様子は手に取るように知覚できる。

俺は移動する先に回り込むようにして、氷剣を突き刺すとそれを起点にして、氷《ひょう》花《か》繚《りょう》乱《らん》を発動。氷剣はその姿を花の形へと変化させる。

次々と咲き誇る氷の花。それは相手を囲むようにして、発動していく。

逃げ場所などない。

俺の領域は完全にあいつを捕捉し続けているのだから。

「チッ――」

相手はハッと息を呑むと、自分の展開している広域干渉系の魔術を解除。すると、わずかな光が戻ってくるが……今さら光など必要はなかった。

なるほど。解除したということは、完全に逃げに徹する気か……しかし、逃《のが》すわけがない。

駆ける。

敵は出口に向かってそのまま一直線に進んでいくと同時に、こちらに短刀を放ってくる。

だが、相手の攻撃はもう俺に届くことはない。

「……無駄だ。お前の攻撃は、もう届きはしない」


――絶対不可侵領域《アンチマテリアルフィールド》。


それは、知覚領域と還元領域の二つから成る領域。

知覚領域は半径五十メートルまで延ばすことができ、領域内にある第一質料《プリママテリア》を五感を通じることなく脳で直接知覚する領域だ。それはたとえ生物でなくとも、第一質料《プリママテリア》が存在しさえすれば知覚できる。

還元領域は、まずは【減速】で俺が指定していない物質または現象を低下させ、そこから【固定】して一気に対物質《アンチマテリアル》コードを活性化、そして完全に全ての物質と現象を【還元】する領域。


どちらもまた、発動した瞬間に全てが自動で処理されるため俺はただ、感じ取るままに行動すればいいだけだ。

正直言って、これを使うのは躊躇《ちゅうちょ》したが今は魔術領域暴走《オーバーヒート》も起こる兆候はない。

――このまま終わらせてもらう。

「あああ……アアアアア……アアアア……ッ！」

「既に身体機能は奪い取った。もう体は動かせない」

そうして敵はそのまま地面にバタリと倒れ込んだ。俺の絶対不可侵領域《アンチマテリアルフィールド》に入った瞬間から、俺は敵の魔術にあるコードを混ぜていた。

魔術名称は、細氷昇華《ダイヤモンドダスト》。

それは体内に細やかな氷を発生させ、内側から侵食する俺の固有魔術《オリジン》。相手の魔術を絶対不可侵領域《アンチマテリアルフィールド》によって、分析。そこから相手の魔術を辿《たど》っていき、そのコード内に自分の魔術を組み込んでいたのだ。

相手が素早くかつ、こうして逃げると予想していたので、この魔術を既に展開していたがどうやら上手くいったようだ。

決着はついた。

「うう……すごい密度ね。ううぅぅ……」

腕の中にいるクラリスは、俺たちの第一質料《プリママテリア》の密度に当てられたのか、地面にそっと下ろすとフラフラとしてそのままゆっくりその場に座り込む。

「大丈夫か、クラリス」

「えぇ。な、なんとかね。でもその……レイ、あなたは……」

「そうだ。俺こそが、当代の【氷剣の魔術師】だ」

「そっか。まぁでも……言われてみると、納得しちゃうわね……レイってば、七大魔術師だったのね。そっか……」

彼女の側に寄り添って、まずは状態を確認するが問題はなさそうだった。

「すまない。言うのが遅れてしまって」

「みんなは、知ってるの？」

「アメリア、エリサ、エヴィは既に知っている。それと、師匠は先代の【氷剣の魔術師】だ」

「はぁ……なんか、今までの言動とか考えると只者《ただもの》じゃないって思ってたけど……そうだったのね」

クラリスは、少しだけ辛そうに胸を押さえる。

「酔ったのか？　大丈夫か？」

「ええ。ごめんなさい……第一質料《プリママテリア》に当てられて……少しだけ、休むわね」

「あぁ」

様子を見るに、命に別条はない。ただあまりにも密度の濃い第一質料《プリママテリア》に当てられてしまったのだろう。

そうしてクラリスをそっとその場に寝かせると、俺はまた別の人間の気配を感じ取るが、それはよく知った人のものだった。

「レイ、終わったのか」

「部長、はい。無事に終わりました」

「すまない。広域干渉が展開されていたようだな。遅れてしまったが、やったのか？」

「はい。しかし、殺してはいません」

「そのようだな。さて、後処理は俺たちに任せろ。お前はいくべき場所があるだろう。アメリア＝ローズはまだ戦っている。今ならまだ、間に合うはずだ」

「本当ですか⁉」

アメリアはまだ戦っているのか。

あのアリアーヌにまだ立ち向かっているのか。

その事実を知って俺は自分の心が震えるのを感じる。

「部長。クラリスのこと、よろしくお願いします」

「あぁ。大丈夫だ。この程度ならば、すぐに回復するだろう。行ってこい、レイ。アメリアには、お前が必要なはずだ」

「はいっ！」

そして俺は走り始めた。

ただ懸命にアメリアに会いたいと、その姿をこの目に焼き付けたいと、思いながらただ疾走していく。

今、彼女はどんな想いで戦っているのだろう。

アメリアは、どうしているのだろうか。

全身全霊を以《もっ》て駆け出した。

そして僅かな光が見えてきて……俺は観客席の上段、そこへやって来た。

フィールドを見下ろすと、そこには……地面に伏せているアメリアがいた。

全身は焼け焦げているのか、真っ黒な跡が目立ち、そして出血もしている。それでも、アメリアは目の前に立ちはだかるアリアーヌから視線は逸らさない。

それにアリアーヌも無傷ではなかった。彼女もまた、焼け焦げている跡が目立つ。

互いに傷つき、ここまで戦ってきたのだ。

でも、アメリアのその双眸には僅かに諦めの色が見えている。

闘志が、戦う意志が、薄れている。

きっとここまで、懸命に戦ったのだろう。

たった一人、この大観衆の中で、懸命に、ひたむきに、あの最強と謳《うた》われているアリアーヌに立ち向かったのだ。

心が折れそうでも、それでも自分を奮い立たせてアメリアは戦っていたのだ。

戦う前はあんなにも震えていたと言うのに、アメリアは諦めずにここまでたどり着いたのだ。

だから——

俺がすべきことは——
一つだけだ——

「アメリアアアアアアアッ!!　立てえええええええええええッ!!」

俺のありったけの想いを込めた声は、会場の静寂を切り裂いていく。
そして、アメリアのその双眸に……戦う意志が戻ってくる。
彼女の背中から溢れ出る灼《や》けるように赤い、紅蓮《ぐれん》の蝶《ちょう》たち。
それは螺旋《らせん》を描きながら、天に昇っていく。
その光景は、幻想的で現実離れしたものだったが、とても美しいと心から思った。
灼けるように真っ赤に燃え上がる無限の蝶は、君の今までの努力の結晶だ。
決して偽物なんかじゃない。
君はただ、迷っていただけだ。俺と同じように。
それは、いつか本物になるという過程だったのだ。

でも、その時は終わりだ。

アメリア、君は籠の中の鳥なんかじゃない。この大空へと飛び立てるだけの、翼を持っているのだから。

だから今の君ならきっと自由に、そしてどこまでも高い空へ飛び立てるはずだ。

瞬間。どこからともなく一羽《わ》の鳥が、この大空へと飛び立った――。

第八章　きっと私は、大空に羽ばたく

私はただ、誰かに認めて欲しかった。

たったそれだけのことだった。

でも、それだけのことが今まで出来なかった。

だって私は怖かったから。他人に、本当の自分を、心を晒《さら》すのがどうしようもなく怖かった。だから逃げて、偽って、取り繕って、アメリア＝ローズというものを演じてきた。

そんな中で求めてきた自分。

でも本当の自分なんていなかったんだ。

私は、私のままでよかったのに、今まで認めることができなかった。

だから私は今の自分を偽物と定義して、悲劇のヒロインであるとそう思い込んでいただけ。

生きる意味などなく、自分のたどり着く場所などないと……ただ機械的に生きるだけが私の人生だとそう絶望していた。

でもみんなは、レイは、私を認めてくれる。

今のままの、私でいいと。

そしてレイは、私と一緒に探してくれると言った。

そうだ。レイだって、完璧な存在ではない。私と同じように苦しんで、悩んで、葛藤した先に今の彼がある。そんなレイとだからこそ、私は寄りそっていける。

彼と一緒なら、みんなと一緒なら、私はきっと……辿《たど》り着《つ》ける場所があるのだから――。


「……」


ゆっくりと歩みを進める。

会場は最高に盛り上がっていた。観客の声、それに実況と解説の声。そして、アメリア応援団のみんなの声。全部がただクリアに聞こえる。

ふと空を見上げると、今日は晴天だった。

いやずっとこの空は晴れ渡っていた。でも私は、こんな美しい空を見上げる余裕がないほどに、今までは苦しみながら戦っていた。この戦いの中で、何かを見つけることができると思っていたから。

でも私はもう、見つけた。

私の答えは戦いの中にはなかった。その答えは、すぐ側に、自分の中にあった。それはレイのおかげで見つけることができた。

私は、私のままでいい。そしてみんなと、彼と共にこれからも生きていこう。

答えを見つけるその道筋こそが、私の生きる理由なのだから。

「アメリア、来ましたわね」

「アリアーヌ」

「どうやら、憑《つ》き物《もの》は落ちたようですわね」

「レイに、助けてもらったから」

「そうですか……やはり、私ではダメだったのですね。いや、私だからきっとダメだったのですね」

「……」

視線を逸《そ》らして、彼女はそう告げた。

きっとアリアーヌの中にも葛藤はあったのだろう。悩み続ける私に対してどうするべきか、アリアーヌもまた悩んでいた。

それはどうしてだろうか。今の私なら、よく理解できた。

今日はよく見える気がする。それに感じ取ることができる気がする。

今までと同じ世界を生きているはずなのに、まるで別の世界に生きているようだった。

「さて、アメリア。決勝ですわね」

「ええ」

「勝つのはわたくしですわよ」

「いいえ。私よ」

「そうですか。ならば、決着をつけましょう。どちらが、この魔術剣士競技大会《マギクス・シュバリエ》の覇者にふさわしいのか」

「えぇ」

向かい合う。

きっと今までの私ならここで震えて、蹂躙《じゅうりん》されるのを受け入れていただろう。

でもどうしてだろう。

こんなにも、心が高ぶるのは。

こんなにも、心の内側が熱くなるのは。

あぁこれはきっと、レイのおかげだ。彼のおかげで私はこうして向き合える。アリアーヌに、そして自分自身に。

その刹那、彼の顔が思い浮かぶ。それを脳裏に焼き付けて、私は微笑《ほほえ》む。

——ねぇレイ。私はきっと、勝つから。

今日だけは、この日だけは、この戦いだけは、この勝利をあなたのためだけに捧《ささ》げるわ。

それがきっと私にできる、最高の恩返しだと思うから。

「——試合開始ッ！」

その声を互いに知覚したと同時に、アリアーヌの四肢は燃えるように、灼《や》けるように染まっていく。赤黒いコードが一気に生み出されて、瞬間その姿が爆音と共に消えた。

彼女がいた地面は抉《えぐ》られ、そして眼前にその姿が現れる。

瞬間移動ではない。ただ物理的なスピードを極めたそれは、私の知覚を優に超える。

「はあああああッ！」

雄叫《おたけ》び。

アリアーヌは声を上げると、一気にその拳を振るった。狙いは私の鳩尾《みぞおち》だった。

過《よ》ぎる。

準決勝で見た、あの壮絶な最後が私の脳内で再生される。

でもその軌道を直感で読むと、スッとそのラインに合わせて私は剣を縦に構える。

「ぐ、ぐううう……ッ！」

何とか力の限りを尽くして踏ん張ってみるが、私はそのまま後方へと吹っ飛ばされてしまう。

もちろん今の一撃だけで剣は砕け散ってしまった。

今のアリアーヌには、ただの剣は効かない。それは分かっていることだった。

しかしこうもあっさりと防御を破られてしまうのかと思うと同時に、私は何とか受け身を取りながら視線を逸らしはしない。

「――鬼化《オーガ》：雷電《シンティラ》」

その瞬間。アリアーヌは固有魔術《オリジン》を発動させた。

「……電気？」

ボソリと呟《つぶや》く。

そう。その四肢は、バチッ、バチッと音を立てながら絡みつくようにして帯電していた。

帯電し、発光するそれは、彼女の気高い意志を示しているようにも思えた。

「さぁ、アメリア。心してかかって来なさい」

「私は、私は……絶対に、負けない!!」

そうして互いに再び大地を駆ける。

『ああああああああああああああっ！』

私は、レイとの訓練で手に入れたあの爆発する蝶で彼女に対抗する。

声が重なる。互いにすでに、かなりダメージを負っている。私はその圧倒的な腕力に、
そしてアリアーヌは私の生み出す蝶《ちょう》たちに、互いに完全に対処できているわけではなかった。

　無限に生成される蝶は、その圧倒的な数で彼女を覆い尽くす。

　でもアリアーヌはその全てを破壊して、私に何度も向かってくる。

　その度に私は手掌《しゅしょう》でその蝶たちを操って次々と爆《は》ぜさせる。

爆ぜる。爆ぜる。爆ぜる。
だが黒煙の中から、アリアーヌは確実に現れる。
互いの心が折れることはない。
いつになればこの戦いは終わるのか。いつになれば、相手は倒れるのか。
そんなことを意識する暇もなく、ただ私たちは戦い続けた。
その戦いの最中《さなか》、私は改めて、コードを走らせる。
《第一質料《プリママテリア》＝エンコーディング＝物資《マテリアル》コード》
《物資《マテリアル》コード＝ディコーディング》
《物資《マテリアル》コード＝プロセシング＝『　　　　　　　　』》
《エンボディメント＝『　　　　　』》

違和感を覚える。

魔術は、私の固有魔術《オリジン》である爆ぜる蝶は依然として発動している。

まるでそこに空白があるかのように、私はまだこの能力に先がある気がしていた。

そして無限かと思える時間も、そろそろ終わりを告げる瞬間がやってくる。

「あ……はぁ……あ……あぁ……ごほっ……」

「う……あ……はぁ……はぁ……はぁ……」

すでに互いに満身創痍《そうい》だった。

アリアーヌは完全に肩で呼吸をしてる、でも体は動くし、その心はまだ立ち向かう意志がある。一方の私は、這《は》いつくばったまま、体が動くことはない。

あぁ……そうか。

私、負けちゃったか……。

悟る。

ここで私は敗北するのだと。

でも、私は頑張ったよね？　頑張ってここまでこれたよね？

きっと今までの私なら、そう励まして終わりだっただろう。奮闘した自分を褒《ほ》め称《たた》えて、そこで終わっていたに違いない。

でも今は……負けたくない。

絶対に、絶対に負けたくない。

その想《おも》いが先行する。

体は動かない。ただ地面に這いつくばって、ゆっくりと迫ってくるアリアーヌを見つめているだけだった。

こんな無様で、負けが確定しているとしても……。


——私は、私は負けたくないッ！

――絶対に、絶対に勝ちたいッ！

そう願うけれど……現実は非情だ。もう私には何も残されてはいない。どれだけ心が強く願っても、この体が動かないのならば……どうしようもない。

そして私が敗北を認めようとした瞬間、この色も音も失われた静寂で無機質な世界に鮮やかな存在が入り込んでくる。

「アメリアアアアアアアッ!!　立てえええええええええええッ!!」

色も、音も完全に失《う》せた世界に、レイの声が、私の世界に入ってくる。

瞬間。

この世界は鮮やかな色を、美しい音色を、取り戻す。

――あぁ、どうしてだろう。

こんな時に思い浮かぶのはみんなの顔だ。

エリサの優しい微笑み。少し引っ込み思案なところもあるけど、とても一生懸命で頭のいい優しい女の子。

クラリスのツンツンしている姿。

でも、時折顔を真っ赤にしながら優しい表情になる。

物言いはきつい時もあるけど、本当はとても優しい女の子だ。

エヴィのニカッとした表情。それはみんなに向ける明るい笑顔。筋肉に対するこだわりはレイと同じかそれ以上。そして、体は大きいけど周りに細やかな気配りができる素晴らしい人だ。

そして、レイの澄んだような美しい双眸《そうぼう》。

あまりにも過酷な人生。それはきっと私なんかが想像できるものではない。

それを乗り越えて、彼は私と同じ場所にいて、私に寄り添ってくれた。

そしてレイもまた私と同じように怖がっていた。

人の心に触れ合うということに。

でも私たちは、心と心を通い合わせた。

そうして共に生きると、一緒に生きる意味を探していくと誓った。

そうだ。

私は……生きていくんだ。

彼と一緒に、みんなと一緒に、この道で……生きる理由を探していくんだ。

人生に意味などない。だから自分自身で見つけるしかない。


『苦しみながらも、悲しみながらも、みんなと共に生きていこう。その弱さを、みんなで支え合いながら、生きていこう。俺は君と一緒に、進みたい』


レイの言葉がリフレインする。

そして彼の優しい笑顔が浮かぶと同時に……心臓が跳ね上がる。それはきっと今までの中でも一番の高鳴り。

ドクン、ドクン、ドクンと心臓はその鼓動をさらに加速していく。

そして唐突に脳内にあるイメージが浮かんでくる。

籠の中にいる鳥は立ち上がり、閉ざされていた扉にかかっていた鍵はガチャリと音を立て、その扉は開かれる。

その目の前には、どこまでも透き通った大空が広がっていた。
そうして鳥は、ゆっくりと歩き始めると、その出口で真っ青な空を見上げた。
瞬間、私は理解した。
あぁ。そうか、そういうことだったのか。
レイが言っていたのは、こういう意味だったのか。

腑《ふ》に落ちる。
得心する。
理解する。

私の能力は、本質はここに、この場所にあったのだ。
そうして私は、あの空白を埋めるようにして、完全に新しいコードを一気に走らせる。

《第一質料《プリママテリア》＝エンコーディング＝物資コード《マテリアル》》
《物資コード《マテリアル》＝ディコーディング》
《物資コード《マテリアル》＝プロセシング＝四原因説《アイティア》＝質量因《ヒュレー》＝形相因《エイドス》＝作用因《エフィシエン》＝目的因《テロス》》
《エンボディイメント＝因果律《コーザリティ》》

刹那。私の背中からは今まで以上の……いや、数え切れないほどの真っ赤な紅蓮の蝶が天へ昇るようにして顕現《けんげん》する。

それは螺旋《らせん》を描きながら、空へ、空へと昇っていく。

可視化できるほどの真っ赤な第一質料《プリママテリア》をパラパラと撒《ま》き散《ち》らしながら、その紅蓮《ぐれん》の蝶たちは空の彼方《かなた》へと駆け上がっていく。

私は、そのままゆっくりと立ち上がる。

右手をスッと薙《な》いで、その蝶たちの列を縦ではなく横一列にピタリと揃《そろ》えると、そのまま指をパチンと鳴らして一気に解放する。

ヒラヒラと舞い散る蝶は、私の周りをぐるぐると囲むようにして、螺旋を描きながら顕現し続ける。

そんな無限に増え続ける紅蓮の蝶の中で、私は静謐《せいひつ》に立ち尽くす。

そして、その中から一匹の蝶を指先に止めると、真の能力名を冷然《れいぜん》と告げる。


「──因果律蝶々《バタフライエフェクト》」

籠の中の鳥は、大空へと解き放たれた――。

私の固有魔術《オリジン》は、爆発する蝶などではなかった。
それは私の本質から零《こぼ》れ落ちる欠片《かけら》。
本当の能力は、本質は、全く別のところにあったのだ。

――あぁ、どうしてだろう。

世界がどうしてこんなにも、はっきりと目に映るのだろうか。
私は知った。
この覚醒した能力の本質を。
これこそがきっと、私のたどり着く場所だったのだ。
レイとの日々は、きっとここにたどり着くためにあったに違いない。

「アメリア、あなた……それは一体……？」

呆然《ぼうぜん》とした様子で、そう呟くアリアーヌ。

だがその問いに答えることはない。

私が告げるのは、たった一つの真実。

「アリアーヌ。もうあなたは、私には届かない」

「何を、何を言っていますの……？」

「分かるの。この能力のことが、よく分かる。だからもう、終わりにしましょう」

「……わたくしは、絶対に、絶対に負けませんッ！」

見据える。

ただ私は囲まれる紅蓮の蝶の隙間から、彼女の動きを見極める。

アリアーヌは一気に大地を駆け抜けると、その拳を私の体めがけて振るってくる。

必中。

そのあまりのスピードに避《よ》ける暇などない。防御も間に合うことはない。

だがもう、アリアーヌの攻撃は当たらない。

それはこの世界に定着した、因果なのだから。

「こっちよ」

「え……？　ど、どうなってますの？　そんな、ありえない。ありえないですわ……こんなこと……」

空振り。

アリアーヌが振るった拳の先には、私はいなかった。

今の私は、アリアーヌの後ろに位置している。

依然として羽ばたく紅蓮の蝶たちは、ヒラヒラと私の周囲を飛び続けている。

パラパラと舞う真っ赤な第一質料《プリママテリア》の欠けら。

今までそれは、ただの火の粉だった。

その蝶は、炎を蝶の形に模倣したものに過ぎなかったのだ。

でも今のこれは、私の魔術を以《もっ》て完全に第一質料《プリママテリア》で構成されている。

溢《あふ》れ出る灼けるように赤い、紅蓮の第一質料《プリママテリア》の残滓《ざんし》。

真っ赤な燐光《りんこう》がその場に残存する。

それは、レイが以前の戦いで見せたのと同じ現象だった。

溢れ出る第一質料《プリママテリア》が完全に可視化できるほどまでの濃度。

彼の場合は、青白い第一質料《プリママテリア》だが、私は対照的に真っ赤に灼けるような色をした第一質料《プリママテリア》だった。

そして満身創痍だった私は、気力を完全に取り戻す。

今の私は、もう……誰にも止めることはできない。

「う……うわあああああッ‼」

アリアーヌは再び突撃してくる。その身体に纏《まと》わりつく雷撃を巧みに操作しながら、超近接距離《クロスレンジ》での格闘戦を仕掛けてくる。

でもその拳が、その脚が、その雷撃が、私の元に届くことはもう絶対にない。

そして私は、脳内で幾重にも重ねるようにして大量のコードを走らせる。

この魔術領域の容量《キャパ》を最大限に使用して、アリアーヌの一挙手一投足に合わせて因果律蝶々《バタフライエフェクト》を発動し続ける。

《第一質料《プリママテリア》＝エンコーディング＝物資コード《マテリアル》》
《物資コード《マテリアル》＝ディコーディング》
《物資コード《マテリアル》＝プロセシング＝四原因説《アイティア》＝質量因《ヒュレー》＝形相因《エイドス》＝作用因《エフィシエン》＝目的因《テロス》》
《エンボディメント＝因果律《コーザリティ》》

因果律蝶々《バタフライエフェクト》。

それは、蝶を起因としてこの世界の因果律《コーザリティ》を操作するという概念干渉系の固有魔術《オリジン》。

発動条件は四原因説《アイティア》という四つのプロセスを踏む必要がある。

質量因《ヒュレー》とは因果の材料であり、この因果律蝶々《バタフライエフェクト》の大元である蝶を生成することである。

形相因《エイドス》とは言うなれば設計図であり、発動したい因果律《コーザリティ》の心的イメージを組み込む。

作用因《エフィシエン》とは因果律を操作するための行動（起因）であり、それは蝶の行動（羽ばたき、移動、爆破）に設定してある。

目的因《テロス》とは発動する因果律《コーザリティ》そのもの。先の三つのプロセスを踏み、最後にその【結果】をこの世界に定着させる。

私はこの四つのプロセスを一つのメンタルモデルとして魔術領域に貯蔵し、因果律《コーザリティ》をこの世界に具現化しているのだ。

寸分の狂いも許されないコード構築。

蝶の動き全てと、アリアーヌの行動全てを組み込み、因果律蝶々《バタフライエフェクト》を発動し続ける。

因果律《コーザリティ》を操作する、あまりにも強力すぎる固有魔術《オリジン》は、この緻密なコード構築こそが真髄である。

私はこの四つのプロセスを、正確に構築して発動する。

どうしてだろうか。

今の私にはこの能力の全てが理解できていた。

「はぁ……あぁ……はぁ……ああ、うぅう……はぁ」

アリアーヌはこの能力を前にしても、諦めなかった。

すでに因果律《コーザリティ》は成立している。

アリアーヌの行動が原因となって、私に攻撃を与えるという結果を私は操作し、それを完全に破綻させている。

因果律《コーザリティ》の操作。

それこそ、この因果律蝶々《バタフライエフェクト》の真価。

因果律《コーザリティ》、つまりはこの世界に存在する因果性という概念そのものに介入するのだ。本来この世界に顕現するはずだった因果関係に介入し、破綻させ、さらにそれを別の因果に繋《つな》げて、上書きする。

アリアーヌの攻撃は私にはもう届くことはない。

それはどう足掻《あが》いても、蝶の行動を起因として【私に当たらない】という結果を生み出してしまうからだ。

そして、私は淡々と彼女に告げる。

「アリアーヌ、もうあなたは私には勝てない。この世界の因果は、もう成立しているから」

「わたくしは、絶対に負けませんわっ‼」

しかし、無慈悲にも私の攻撃はアリアーヌに必ず当たるのだ。

「ぐ……ぅうう……ああああああああああああッ！」

爆ぜる。爆ぜる。爆ぜる。爆ぜる。

その爆発は私の周囲で起こっている。私の周りを飛んでいる紅蓮の蝶たちは、次々と爆発していく。アリアーヌには絶対に届き得ない距離。

でも、【爆発が当たるという結果】を私は彼女に指定している。

四原因説《アイティア》によって構築されたコードは、この世界に因果律《コーザリティ》を定着させる。

だからどこでそれが爆発しようが、因果律蝶々《バタフライエフェクト》は確実にアリアーヌを起点にしてその結果を導き出す。

私に対する攻撃は因果律《コーザリティ》を破綻させ、私の攻撃は確実にその因果律《コーザリティ》を発生させる。

もはや、アリアーヌには為《な》す術《すべ》など残されていないけど……。

「う、ごほっ……」

吐血。

この能力の負担はかなりのものなのか、吐血に加えて鼻からは大量の血が垂れてきて、それに双眸からも血が溢れ出てくる。おそらく、脳の魔術領域にかなりの負担がかかっているに違いない。

魔術領域暴走《オーバーヒート》に限りなく近い状況。

でも今は、そんなことはどうでもいい。

ただアリアーヌの本気に、私もまた真正面から向かい合うだけだ。

大量の血が溢れようとも、この脳が焼き切れようとも、今はこの因果律蝶々《バタフライエフェクト》を発動する。

思えば、ここまでたどり着くのに本当に、本当に時間がかかった。自分には価値がなく、どうしようもない愚か者でしかないと、そうずっと思っていた。

アリアーヌに届くことはないと。

彼女に勝つことなど、夢のまた夢だと。

その誇り高い存在には、手が届くことはないのだと……そう思っていた。

でも私は、アメリア＝ローズはここにいる。

私は、ここにいてもいい。

この能力が発動したのもきっと、私が変わることができたからだと、自分自身を認めることができたからだと、確信している。

みんなが、レイがいなければ絶対にこの場所に至ることはできなかった。

それにアリアーヌという好敵手《ライバル》がいなければ、私は絶対にここまで自分を奮い立たせることはできなかった。

私は、一人では生きていけない。

一人では何もできない。

でもみんなとなら、これからもきっとこの道を歩んでいける。

みんなと、レイと一緒に私は進んでいくのだ。

「アリアーヌ、ありがとう。だからもう、終わりにしましょう」

そして私は、この試合最後の因果律蝶々《バタフライエフェクト》を発動。

幾度となく発動したこの能力は、完全に私の支配下にある。だから私は、改めて因果律《コーザリティ》を操作する。

「アメリアアアアアアアアアアアアアアアアアアアアッ！」

駆ける。駆ける。駆ける。

そしてアリアーヌの拳が、私の眼前に映る。


「——因果律蝶々《バタフライエフェクト》」


瞬間、アリアーヌが死守し続けた薔薇《ばら》を起点にして爆破が生じる。今まではピンポイントでそこまで狙うことはできなかった。

しかし今はもう……完全に能力は私に馴染《なじ》んだ。

だから容赦無く私はその場所を起因に設定して、因果律蝶々《バタフライエフェクト》を発動させたのだ。

そうして、不可避の攻撃を受けたアリアーヌは宙を舞って、そのまま地面に落ちていった。


静寂。

「勝者、アメリア＝ローズ」


告げられる勝者の名前。それは私のものだった。

その数秒後、会場は沸く。沸き立つ。そうして大歓声と拍手が私たちに降り注ぐ。

「し、試合終了おおおおおッ!!　勝者は、新人戦の優勝者は……アメリア＝ローズ選手ですッ！　しかしあの能力はなんだあああああ⁉　彼女の新能力は、その固有魔術《オリジン》は理解不能ですッ！　キャロライン先生、解説をお願いしますッ！」

「すごいね。あれは概念干渉系の固有魔術《オリジン》だよ。使い手は世界でもほぼいないね。概念干渉系の魔術は、現存するものでもごく少数だから。それにおそらく、カオス理論《セオリー》のバタフライエフェクトが起源だろうけど。あれは、因果を直接結びつけている……いや、因果の切断も可能なのかな？　おそらく、カオス理論《セオリー》が関係していると思うけど、本当にこれだけ実用的で世界の概念そのものに干渉できる魔術は一つの到達点かもね。魔術師の」

「え、えっとその……つまり……？」

「はっ！　と、とにかくすごい能力だよ‼　優勝おめでとう、アメリアちゃん‼　それにアリアーヌちゃんもすごかったねっ！　二人とも、すごかった！　おめでとう！」

「そ、そうですね！　ということで、皆さん盛大な拍手を！　優勝したアメリア＝ローズ選手に拍手をっ！　そして最後まで戦い抜いたアリアーヌ＝オルグレン選手にも拍手をっ！」

　大歓声に、溢れんばかりの拍手。

　これは全て私に注がれている。

　いや、私だけではない。最後まで戦い抜いた、アリアーヌへの賛辞も込められているだろう。

　そして私は、このフィールドで大の字に寝そべっているアリアーヌの元へ近づいていく。

互いにもうボロボロだった。ポタ、ポタポタと血が地面に滴る。それでも私はゆっくりと歩きながら、彼女の元へと向かう。

今はただ、アリアーヌと話がしたかった。

「アリアーヌ」

「あ、アメリア。ふふ。ひどい顔ですわね。それに体も火傷《やけど》だらけですわよ？」

「それは、あなたも同じでしょう？」

「ふふ。そうですわね」

私は溢れ出る血を拭うと、彼女のそばにそっと座り込む。

アリアーヌの手をギュッと握ると、彼女は優しい声音で言葉を紡ぐ。


「ねぇアメリア」

「うん……」

「とっても、強くなったのですね」

「うん。私ね、強くなったよ」

「ええ。本当に、本当に、すごいですわ」

「うん……うん……っ！」


アリアーヌにそう言われて、涙が溢れてきた。

彼女にそう言われて、アリアーヌとこうして話ができて、認めてもらえることが何よりも嬉《うれ》しかったから。

ずっと私は、アリアーヌと同じ場所に立ちたかった。

彼女を追い越すだけでなく、一緒に進み続けるような、そんな関係を求めていたのだ。

「どうして、あなたが泣くんですの？　優勝したのですから、このわたくしに勝利したのですから。もっと、誇ってもいいんですのよ？」

「わ、私はね。みんなのおかげで、ここまで来れたの。学院でできた友達にもレイにもいっぱいお世話になったよ。でもね、アリアーヌのおかげでもあるの。あなたがいたから、ずっと私の先にあなたがいたから、私はここまで来れた。だからね。ありがとうって。今はそう言いたいの」

溢れ出る涙が止まることはない。

私がそう告げると、アリアーヌの両目からもまた、涙が溢れ出てくる。

ツーッと頰を伝い、それは地面にポタリと零れていく。

やっと、やっと私はアリアーヌに心を、自分の心を曝《さら》け出すことができた。

「ばか。ばかですわね、アメリア。そんなことを言うために、わざわざわたくしの側《そば》に来たんですの？　それにこの大衆の中で、涙を流すなんて、みっともないですわ。うぅ……ぐすっ……」

「そうだけど……でも、アリアーヌも、泣いているじゃん……うぅ……うう」

「これは、心の汗ですわっ！　う……うぅっ……」

二人して、涙が止まらない。

止まることはない。

ただただ、涙を流して二人で嗚咽《おえつ》を漏らす。

そしてアリアーヌはなんとか上半身を起こすと、ギュッと私を抱きしめてくれる。

「アメリア、ごめんなさい。幼い頃に、あなたを見捨ててしまって」

「私は、ただ自分で勝手にそうなっただけなのに……謝るなんて、おかしいよ」

「分かっていたんですの。あなたが貴族の在り方に、自分の在り方に悩んでいることは
……でもわたくしはどうしていいか、本当に声をかけてもいいか、悩んでいて。だからアメリアの模範になれるように、そう思ってわたくしは誇り高い貴族を、目指していたんですの……」

「わ、私のために？」

知らなかった。

アリアーヌがそんなことを考えていたなんて。

やっぱりそうだ。

私たち人間は、言葉にしなければ分からない。そうしなければ、こうして心を触れ合わせることはできない。

言葉にして初めて、人の心と心は触れ合っていくのだ。

「ええ。あなたのために、わたくしは戦っていました。この大会は誰よりも、アメリアのためだけに。もちろん、優勝したいという気持ちはありましたのよ？　でもそれと同じくらいに、アメリアの成長がとっても、とっても嬉しい。心から嬉しいですわ……」

さらに涙を流すアリアーヌ。

それを見て、私は心が締め付けられるような感覚になり、さらに涙が溢れてくる。

「アリアーヌ」

「でもだからこそ、わたくしは全身全霊で、全てを以てアメリアとの戦いに臨みました。そして、敗北しましたの。だから悔いはありませんわ。おめでとう、アメリア。魔術剣士競技大会《マギクス・シュバリエ》の新人戦、優勝ですわっ！　本当に心から、おめでとうですわ……アメリアっ！」

「あ、ありがとう。うぅ……あああああああっ‼」

全てが決壊するように、私はただアリアーヌを抱きしめて、さらに涙を流した。

今までの苦労が、悩みが、惑いが、この心の葛藤が全て氷解していく。

その全てが溶けていき、全てが流れていく。

レイと心を通い合わせたように、私はアリアーヌとも心を通い合わせた。

そうか。

ずっと目標にして、アリアーヌのようになりたいと私は思っていた。でもそれは、彼女が私のためにずっとしてくれていたことだったのか。

それを知ると、もう外聞など気にすることなく、ただただ泣いた。

私たちはこの大観衆の中で、二人で抱き合って……涙を流し続けた。

でもそれは、悲しみの涙ではない。

それは全てに感謝し、この世界の美しさを、人の心の美しさを知ったからこその涙だった。

一羽《わ》の鳥が大空に舞った。

もう私は、籠の中の鳥ではない。

私もあの鳥のように、この大空に羽ばたいてゆける。

私は、一人ではない。

かけがえのない友人たちが、私にはいるのだから。

きっとこれからも辛《つら》いこと、苦しいこと、悲しいことはあるに違いない。

これで全てが解放されるなんて、人生の全てが楽になるなんて、楽観的なことは考えていない。

でも私は――

みんなと一緒に、進んでいける。

みんなと一緒に、立ち向かってゆける。

みんなと一緒に、生きる意味を探すことができる。


私はもう、籠の中の鳥なんかじゃない。

大空に自由に飛び立てる翼を、私も手に入れたのだから。

私はきっとこれから、自分の生きる人生を愛するだろう。そして自分の愛する人生を生き続ける。

みんなと一緒に、この先もずっと——。

第九章　全ての終焉

魔術剣士競技大会《マギクス・シュバリエ》本戦、決勝。今までたった一振りで勝ち上がってきたルーカス＝フォルスト。相対するのはレベッカだった。もちろん、彼に対してどうにかしようと対策してきた彼女ではあったが……。

試合が開始したと同時にルーカスは、抜刀。


「――第八秘剣、残照暗転《ざんしょうあんてん》」


そうしてレベッカの目に映ったのは、眩《まぶ》しい光と漆黒の闇。

その二つが同時に彼女の視界に現れると、レベッカは宙を舞っていた。そして、胸に固定されていた薔薇《ばら》が綺麗《きれい》に真っ二つに切断される。

まるで、時が止まったかのような感覚。

観客も実況と解説もまた、全員が呑《の》まれていた。

その圧倒的な刀捌《さば》きに。

「ありがとうございました」

抜刀した刀をゆっくりと鞘《さや》に戻すと、ルーカスは一礼をして……踵《きびす》を返した。

それと同時に、会場は爆発的な音量に包まれる。

「け、決着ですっ！　一瞬の出来事でしたっ！　ついにダークホースと評された彼が、この魔術剣士《マギクス》・魔術剣士競技大会本戦《マギクス・シュバリエ》の優勝は……ルーカス＝フォルスト選手ですっ！　競技大会《シュバリエ》の頂を勝ち取りましたっ！」

実況がそう言った瞬間、溢《あふ》れんばかりの拍手と声援が会場を包み込む。

レベッカはただ呆然《ぼうぜん》とその場に座り込んで、切り裂かれたその薔薇を信じられない……という表情で見つめる。

一方でルーカスは、いつものように無表情のままに会場から去っていく。

だがこの試合を見ていた者の中には気がついた者もいた。

その秘剣を扱う魔術師の、正体に……。

「皆さんっ！　盛大な、盛大な拍手をっ！」

新人戦は、概念干渉系の固有魔術《オリジン》を獲得したアメリアが優勝。

本戦は、最後までその圧倒的な強さを誇ったルーカス＝フォルストが優勝。

魔術らしい魔術も使うことはなく、ただ内部《インサイド》コードと剣技のみで優勝した、前代未聞の優勝者。

こうして今年度の魔術剣士競技大会《マギクス・シュバリエ》は最高の盛り上がりを見せながら、無事に幕を閉じる。

そう。表向きは――。


「さて、と。そろそろだね～☆　あーあ。この大会も終わりかぁ～」

「このアホピンク、マジでうるさいな。本当によく学院の教員として雇ったなアビー」

「もうっ！　リディアちゃんはいっつも、キャロキャロにそんなこと言うんだから～☆でも本当はキャロキャロのこと、大好きなんだよね～☆　このツンデレさんっ！」

「アビー、このアホピンク……シバいてもいいか？」

「抑えろ、リディア。今はそれどころじゃないだろう」

「ま、そうだな……」


アビー＝ガーネット。

キャロル＝キャロライン。

リディア＝エインズワース。


なぜこの三人が一緒にいるのか。

今は三人で、レイが先ほど戦闘を繰り広げたさらに地下である、最下層の地下三階にやってきていた。

ちなみにカーラは別件の処理があるため、今はアビーに車椅子を押してもらっている。

「それにしても、久しぶりだね〜☆　三人で集まるのっ！　嬉《うれ》しいな〜、ふふふ☆」

「キャロル。少し黙っていろ。そろそろだ」

そうアビーが言うと、キャロルはニコリと笑いながら返事をする。

「はーいっ！」

辿《たど》り着《つ》いた場所。そこは薄暗い明かりが灯《とも》っているだけで、あとは物置として使われている場所だ。

しかし、ここに標的がいることはすでに確認済みだ。

「キャロル、もういいぞ」

「はーい☆」

キャロルがパチンと指を鳴らすと、一人の仮面を被《かぶ》った人間がその側《そば》に現れる。

「揃《そろ》ってる〜？」

「はい。こちらに」

と、膝をついて男がそう話すと一気にこの場に衝撃が走る。陰に潜んでいた魔術師たちはあまりの動揺にその姿を晒《さら》してしまう。

「な……⁉」

「ど、どうしてボスが……⁉」

「な、何が起こっている⁉」

「……り、理解できない」

陰から現れるのはさらに四人の仮面。

大きめのローブを羽織り、それぞれが模様違いの仮面をつけていた。

しかしなぜ彼らがそんなにも慌てているのか……それは、ボスとも呼ばれる存在が急にキャロルの元に向かったからだ。

「ふんふん。確かに言った通りだね～☆　よくできましたっ！」

「は。ありがたき幸せ」

「よし。ということで、あとはみんなでやっちゃいましょうっ！　キャピ☆」

キャロルの視線はその四人をじっと射貫《いぬ》く。

口調も言動も依然として、ふざけたものに思える。だが、その瞳だけはまるで何の光も映さない闇のように、ただじっと相手を視線で射貫く。

「やはり、キャロルは使えるな。一応、私とリディアも来たが、出番はなさそうだな」

「そうだな」

二人はあくまでバックアップとしてきており、あとはキャロルに任せることにした。

「よし。では、キャロル。あとは頼む」

「はいは～い☆」

キャロルがパチンと指を鳴らすと、コードを一気に走らせる。
《第一質料《プリママテリア》＝エンコーディング＝物資《マテリアル》コード》
《物資《マテリアル》コード＝ディコーディング》
《物資《マテリアル》コード＝プロセシング＝支配《ヘルシャフト》》
《エンボディメント＝現象《フェノメノン》》

「――とっても可愛い私の不思議な世界《キャロル・イン・ワンダーランド》」

するとその場にいた五人の死神《グリムリーパー》は全員がまるで糸が切れた操り人形のように、パタリと倒れ込んでしまう。意識はすでにキャロルの世界へと呑《の》み込まれていってしまった。

キャロル＝キャロライン。

彼女は世間では研究者であり、【幻惑の魔術師】という異名を有していることで有名だ。そして、彼女は幻惑という魔術を得意としていると思われているが……それは違う。

キャロルの本質は、コードによる魔術領域への干渉にある。

魔術的に定義するならば、【支配《ヘルシャフト》】。

そもそも幻惑というのは、相手の魔術師の魔術領域そのものに干渉して発生させるものだ。

そのため、相手に幻覚を見せること、それに洗脳することさえも可能。

とっても可愛い私の不思議な世界《キャロル・イン・ワンダーランド》は精神干渉系の固有魔術《オリジン》であり、これをまともに喰《く》らえば、操り人形になるしかない。

魔術師の魔術領域全てを支配し、その意識にすら介入する魔術こそ、キャロルの本質。

これこそが、七大魔術師である、キャロル＝キャロラインの実力である。

「しかしこのアホピンク、大会初日にはボスを支配していたんだろう？」

「あぁ。怪しい奴《やつ》がいたから、捕まえたと言ってな」

「ふふん！　キャロキャロ、とっても有能でしょ☆」

そう。キャロルは大会初日に、明らかに不審な魔術師がいたので捕らえていたのだ。

もちろん、【支配《ヘルシャフト》】を使って。

その話を聞いたアビーたちは、死神《グリムリーパー》のボスを操って、残りの死神《グリムリーパー》をこうしてこの場に全員集めて一網打尽にした、というのが事の顛末《てんまつ》である。

攫《さら》った生徒たちは生け捕りにして、傷つけることなく連れて帰るのが条件だと聞いていたので、死神《グリムリーパー》を泳がせて……今に至るというわけだ。

途中でレイが死神《グリムリーパー》の一人と戦うことになるなど、イレギュラーはあったが、概《おおむ》ねアビーの計画通りに終了した。

そう話していると、いつの間にか三人の後ろに立っていたカーラが声をかけてきた。

「皆様、後の処理はこちらでやりますので……」

「おぉ。カーラか。では、任せるか」

ちょうどカーラに加えて、ヘイルー族がタイミングよくやってきたので彼女たち三人は後処理を任せる。

「えっへん！　キャロキャロ、超役にたつでしょ～☆」

キャロルは言動に難ありだが、その実力は七大魔術師の中でも最上位に位置するのは間違いなかった。

だがやはり、この言動だけは誰にも制御できないのもまた、間違いないものである。

「さてと～。これから本格的に夏休みだね～☆　じ・つ・は・キャロキャロ、レイちゃんとデートしようかなぁ～って思ってるんだよね～☆」

「は⁉　お前、まさかっ！　私のレイに手を出すのか……⁉」

「もう、リディアちゃんのものじゃないも～んっ！　合法だも～んっ！」

「き、貴様っ！　合法なわけがあるかっ！　ここで氷漬けにしてやろうか……？」

レイのことになると我を忘れるリディア。

彼女はすぐにキレると、キャロルを本気で睨《にら》みつける。

だがここで引くわけにはいかないキャロル。今まではリディアのガードが堅すぎたが、今はそれも学院に入学することで緩和しているのだ。

「ふんっ！　負けないもんっ！　レイちゃんの童貞《はじめて》は、私のものだもんっ！」

「なんだと？　レイは私が認めたやつとしか交際を許さんぞっ！　お前みたいなアホピンクなどに渡せるものかっ！」

「アホピンクじゃないも～ん！　超絶可愛い、キャロキャロだも～ん☆　レイちゃんもきっと大人の魅力に気がつくも～んっ！」

リディアの周囲はパキパキと凍りついていき、あまりの怒りに第一質料《プリママテリア》が漏れ出す。

「は？　もう三十歳に近い若作りババアが何を言っているんだ。殺すぞ……？」

「かっち～ん。もう怒ったもんねっ！　リディアちゃんがレイちゃんのこと、ストーカーしてるのバラすもんねっ！」

「はぁ……!?　ストーカーではないっ！　これは愛情だっ！」

「あ～やだやだ。いつまでも過保護な親は嫌だよ～。ほんと、リディアちゃんって……ポンコツだよね～。レイちゃんのことになるとさ～。ぷぷぷ……！」

「殺す。絶対に殺す……っ！」

「かかってきなよっ！　返り討ちにしてあげるよっ！」

と、二人は本格的に魔術での戦闘を繰り広げ始める。

現七大魔術師であるキャロルと、前七大魔術師とはいえ全盛期並みの力を持つリディア。この二人はよくケンカをしていたものだが、こうして魔術で争うとなると周囲に多大な影響が出るのは間違いなかった。

「はぁ。やれやれ……」

その後、本気でキレたアビーに二人が数時間も説教されたのは、言うまでもなかった。アビーにだけは頭の上がらない二人は、その場で正座をして嫌々ながらも説教を甘んじて受け入れていた。

こうして真の意味で、魔術剣士競技大会《マギクス・シュバリエ》は無事に幕を閉じるのだった。

エピローグ　空に舞う鳥

魔術剣士競技大会《マギクス・シュバリエ》が終わりを告げた。

本戦決勝。

レベッカ先輩であっても勝利することは叶《かな》わなかった。

俺は知っていた。先輩が未来予知の魔眼を有していることを。それは今までの戦いを見れば容易に理解できた。

魔眼持ちとは、今までの経験の中で幾度となく戦ったことがある、もちろん、未来予知の魔眼を持っていた魔術師とも戦ったことがある。だからこそ、レベッカ先輩のそれは、かなりの高水準のものだとわかっていたが……やはりルーカス＝フォルストの方が上手《うわて》だった。

最後に彼が見せた剣技。

俺はそれを見て、ハッキリと思い出した。もともと兆候はあった。意識の中に可能性はあった。

だがあの技は……あの秘剣を使えるということは、そうなのだろう。

「あなたが当代の氷剣ですよね？」

「……」

本戦決勝が終わった後、一人で控え室の清掃をしていると現れたのはルーカス＝フォルストだった。

俺には予感があった。彼がきっと、俺の元にやってくるであろうと。

「まさか、【絶刀《ぜっとう》の魔術師】も引き継がれているとは」

告げる。

その事実を、淡々と。

そう。ルーカス＝フォルストの正体は、七大魔術師の一人である【絶刀の魔術師】だ。

魔術師という名称は有しているものの、それは飾りにすぎない。

その本質は、ただ圧倒的な剣技。

中でも秘剣と呼ばれる特殊な剣技を十ほど有しているのが、【絶刀の魔術師】。

【絶刀の魔術師】は表舞台に出てくることはなく、知っている魔術師もおそらく上位の魔術師だけだ。

それに俺は先代の絶刀に会ったことがあるが、世間での関わり合いを嫌う人だった。五十代の男性で、彼と同じように長い黒髪を後ろでまとめていた。

秘剣もいくつか見たことがあるが、それは間違いなく今回の本戦決勝でルーカス＝フォルストが使ったものと同じだった。

ニヤリと不敵に微笑《ほほえ》む彼は、わずかに殺気を漏らしていた。

「やっぱり分かりますか？」

「あぁ。あの秘剣を見て、気がつかないわけがないだろう」

「やっぱりそうだ。あなたなら、気がつくと思いましたよ」

「どうして大会に出た？　【絶刀の魔術師】ならば、この魔術剣士競技大会《マギクス・シュバリエ》に用はないだろう」

「見せたかったんですよ、あなたに」

その男性とは思えない美しい顔は、急にスッと表情を失う。

そして彼は冷淡に告げる。

「どういう意味だ？」

「僕は、氷剣と戦いたい」

「……」

「最強の魔術師は絶刀であると、示したいんです」

「それだけか？」

「ええ。それだけです。だから今年の魔術剣士競技大会《マギクス・シュバリエ》の頂《いただき》は僕がもらいました」

「来年、俺に出場しろと？」

「そうです。ですが、魔術領域暴走《オーバーヒート》……しっかりと治してくださいね」

「……」

「じゃないと、本気で戦えませんから」

絶刀は言いたいことは言ったのか、そのまま踵《きびす》を返す。

「ではまた来年。この魔術剣士競技大会《マギクス・シュバリエ》で待っていますから」

去っていくその姿を、俺はじっと見つめていた。


【絶刀の魔術師】。


その実力は近接最強格とも評されている。

だが、やはり……魔術師の中で最強なのは氷剣だと言われている。

師匠が作り上げたその功績は、有無を言わせない。だからこそ俺は思った。

この師匠の功績を無にしないためにも、最強の座は譲らないと。


「来年か」

ボソリと呟《つぶや》く。

来年、俺の魔術領域暴走《オーバーヒート》はどうなっているのか。それは俺自身にも分からない。でも願わくば……俺もまた、この魔術剣士競技大会《マギクス・シュバリエ》で皆のように、戦ってみたいと。

そう願った――。


翌日、閉会式が行われた。

俺たちはそこで、アメリアが表彰されるのを見ていた。どうやら魔術での治療でも完治はできずに、包帯を至る所に巻いているが……アメリアの表情は晴れやかなものだった。

そして優勝者、準優勝、三位となった選手が表彰される。

ちなみにアルバートはアリアーヌとの戦いの負傷により、戦うことは困難で不戦敗と表向きはなっていた。

その実は死神《グリムリーパー》に囚《とら》われていたが……もうすでにその件は解決していた。

俺は昨日の夜にアビーさんに以前と同じ部屋に呼び出され、事の顚末《てんまつ》を聞いた。ちなみにキャロルと師匠はなぜかいなかった。曰《いわ》く、反省中だとかなんとか。

「レイ、すまないな。また急に呼び出して」

「アビーさん。ここに自分を呼ぶということは、終わったのですか？」

「あぁ。無事に事は済んだ。お前の手も煩わせてしまい、すまなかったな」

軽く頭を下げて、謝罪をされるが……それは仕方がないだろう。相手の狙いは俺だったのだから。

「いえそれは大丈夫ですが。囚われた生徒は？」

「全員、無事だったさ。奴《やつ》らの目的は殺人ではなく誘拐。生徒には傷一つなかった」

「そう、ですか。安心しました」

「今回ばかりはキャロルの能力が役に立ってな」

「【支配《ヘルシャフト》】、使ったのですか？」

「あぁ。やはりあいつは魔術師としては世界最高峰に変わりはないからな」

「そうですね。それは自分も認めるところです」

その後は死神《グリムリーパー》の件の詳細、後始末の件など細かい話を聞いて終了。

そして俺が部屋を出て行くとき、アビーさんは優しい声音で俺に質問を投げかけてきた。

「レイ。魔術剣士競技大会《マギクス・シュバリエ》は楽しめたか？」

「はい。最高の思い出になりました。また来年も、みんなと一緒に楽しみたいです」

「そうか。変わったな、昔に比べると」

アビーさんが見せる微笑みは、心から嬉《うれ》しそうにしているように見えた。

「そう、でしょうか？」

「あぁ。レイは昔からそうだが、もっと優しい人間になったな」

「きっとそれは、友人たちに教えてもらったからだと思います。そしてこれからもきっと、みんなと共に進んでいきます」

「あぁ。そうだな。では今後とも、学院での生活を楽しんでくれ。身内贔屓《みうちびいき》になるが、困ったことがあればなんでも言って欲しい。力になろう」

「ありがとうございます」

そうして一礼をして、俺はその場から去って行く。

昨夜の件はこれで終わり、今は閉会式をみんなで見ている最中だ。

アメリアの隣には、さらにボロボロになったアリアーヌがいた。彼女は閉会式に出るのは困難とされていたが、アメリアの手を借りてこの場に出てきていた。二人ともに包帯を巻いており、側《はた》から見れば痛々しい姿だ。

だが俺はそんなことは思わなかった。

ただ二人は壇上で、笑い合っている。何を話しているかは分からないが、その笑顔は心からのものだとよく理解できた。


「アメリア、おめでとう！」

「アメリアちゃーん！　おめでとうっ！」

「おめでとう、アメリアーっ！」

「おめでとうー！」


応援団のみんなが、彼女にそう言葉をかける。

するとこちらに気がついたのか、アメリアはニコリと微笑みながら俺たちに向かって手を振ってくれた。

そうして新人戦の表彰が終わると、次は本戦の表彰に移った。

三位から表彰されていき、次はレベッカ先輩の番だった。

ルーカス＝フォルストに敗れたとはいえ、先輩は最後まで懸命に戦った。傷もどうやら浅いものだったらしいので、そのまま閉会式に出てきている。

レベッカ先輩は晴れやかとはいかないが、毅然《きぜん》とした様子でその場に立っていた。

「……」

一方でただ無表情に、その場に立ち尽くす【絶刀の魔術師】であるルーカス＝フォルスト。彼は無表情で表彰を受けていた。

そして最後に、アビーさんの言葉で大会を締めくくることになった。

「魔術剣士競技大会《マギクス・シュバリエ》、無事に全日程終了だ。新人戦優勝は、アメリア＝ローズ。本戦優勝は、ルーカス＝フォルスト。二人とも優勝おめでとう。二人ともに素晴らしい戦いだった。だが、それ以外の試合もまた素晴らしいものだった。学生という立場にありながら、非常にレベルの高い試合を見せてもらったよ。そして、この魔術剣士競技大会《マギクス・シュバリエ》に参加した全員に、運営の方々に、そして観客の方にも感謝を。今回の大会も非常に素晴らしいものとなった。それでは、また来年。この場で会えることを楽しみにしている」

こうして魔術剣士競技大会《マギクス・シュバリエ》は終わりを迎えた。

この大会に至るまで、そして大会の中で俺は数多くのことを成して……大切なものを手に入れた。

友人とともに、大会を楽しみ……そしてアメリアと共に進んで行くと決めた。

彼女の心に触れ……俺は自分の弱さも、受け入れることができた。
人は一人では生きていけない。
だから支え合って生きていく。
今までも、そしてこれからも、俺は大切な人たちと共に進んでいこう――。

◇

籠の中の鳥。
アメリア＝ローズを形容するならば、それが一番適切だろう。
私のことは、誰よりも私が知っている。
決して籠から出ることは叶わず、翼を捥《も》がれ、ただ地面に伏せるだけ。

でも私は、その籠から飛び立つことができた。
それはみんながいてくれたから。
それに、レイが私の心に触れてくれたから。

生きる意味を、自分で見出《みいだ》すその意味を、教えてくれたから。

だから私は、アメリア＝ローズは、もう籠の中の鳥ではない。貴族という檻《おり》の中にいるのではなく、この大空に、この世界という枠で私は、みんなと一緒に生きていくんだ。

そんな私は今、日記を書いている。それはこれからの自分を、今までの自分を記録するために始めたものだ。

今はちょうど、大会が終わった後のことを書いている。


『アメリア（ちゃん）、優勝、おめでとーっ！』


祝勝会。

ということで、街の中にあるレストランで私はみんなから祝ってもらっていた。アメリア応援団のみんなが、クラッカーを手に持って賑《にぎ》やかに祝ってくれる。今日は貸し切りらしく、環境調査部の部長さんが手配してくれたとレイが言っていた。

「ささ、アメリア！　いっぱい食べよっ！」

「うんうん！　すごかったよ、アメリアちゃんっ！」

「あぁ！　アメリアもすげぇ筋肉だったなっ！」

「いや、私に筋肉は関係ないと思うけど、その……みんな、ありがとう」

にこりと微笑む。

それは今までのような作り物の笑顔ではない。

レイとの話で知ったけど、みんな……分かっていたのだ。私が偽っていることなど。でも何も言わずに、今はただお祝いしてくれている。

本当に、本当に感謝しかない。

と、そう考えると涙がポロポロと溢《あふ》れてしまう。あぁもう、本当に最近は泣いてばかりだ。でも今回のものは、嬉し涙だった。

「う……ぐす。みんなぁ……ありがとぉ……」

感極まって泣いていると、隣に座っているレイがハンカチを渡してくれる。

「アメリア。使うといい」

「うん。ぐすっ……ありがと……」

いつものように話しかけてくれるレイ。でも私はどこか……気恥ずかしかった。彼の方はいつも通りだけど、やっぱりなんというか……妙な気持ちになるのだ。不思議だけど、今はそうとしか言えない。一体これは何なのだろう？

「アメリアちゃん、凄《すご》かったね！」

エリサが目を輝かせながら、そう言ってくれる。

「うんっ！　ありがと！」

そこから私は、色々とみんなに話した。決勝戦での戦い、それにアリアーヌと戦うことがどれだけ大切で、彼女に勝ったことがどれほど嬉しかったのかを。

その全てを……自分の全てを、話すことができた。

みんなには謝罪もした。今まで信頼できないと思っていたことを。でもそれを、笑って受け入れてくれた。

本当に私は……私は、素晴らしい友人を持つことができたと……そう思った。

「アメリア。ここにいたのか」

「レイ」

今は店内でみんな大騒ぎだった。

なぜかクラリスが酔っ払ってもいないのにはしゃぎ出し、次にはエリサ、エヴィ、それに環境調査部の人もなぜか盛り上がって、大騒ぎになってしまった。途中でエリサが熱いと言って脱ぎ始めた時は、内心ではやった！　と思ったけど男性陣もいるので死守しといた。

あのおっぱいは私のものだからっ！　誰にも渡さないっ！

ちなみに夏休みにお泊りしようか、なんて話も出ている。その時に絶対に一緒にお風呂に入るので、ぜひ堪能《たんのう》したいと思う。ぐへへ……。

と、そんな余談はいいとして。

その後なんとなく……外に涼みに来ていた。ちょうどレストランの二階にはベランダがあったので、そこで冷たい風に当たっていた。そんな矢先にレイがやってきた。

「アメリア、改めて優勝おめでとう」

「うん。ありがとう」

暫《しば》しの沈黙。

でもそれは嫌じゃなかった。

ただレイといるだけで私は落ち着くことができた。

でもその、あの時のことを思うと、その、すごく恥ずかしいというか……。

あれって改めて思うと、こ、こ、告白みたい？　というか……それすらすっ飛ばして、婚約の言葉にも近いような……。

いや、分かっているのよ？　もちろんあれは、友人としての言葉だと。

レイにも私にも、そんな感情はなかった。

ただこれからみんなで一緒に進んでいこうと、そう誓ったのだ。

でもあれからレイの顔を見ると、妙に体が熱くなるのは気のせいかしら。


いや、その……きっと気のせいよ！　うんっ！


ということで私は極めて冷静に、そう、それこそ友達と話すように、彼に話しかける。

うん。冷静にね、冷静に。

体が熱いのはきっと、みんなの熱気に当てられたせいだ。

「あ、そういえばレイは私の能力、分かっていたの？」

「いや、厳密には分からなかった。ただあの訓練の際、君には莫大《ばくだい》な才能が、固有魔術《オリジン》が眠っていると思っていた」

「そっか。でも、さ。その才能は確かに先天的なものかもしれない。けど、私が頑張った結果だよね……？」

「当たり前だろう。固有魔術《オリジン》はなんの努力もなしにたどり着ける領域ではない。それは、アメリアがずっと頑張ってきたことの証明だ。だから、おめでとう。心から祝福する」

「ありがとう、レイ。本当に、本当にありがとう……」

レイがいなければ、私はずっと籠の中の鳥だった。

でも彼のおかげで私は、私になることができた。

だから本当に、レイには感謝しかない。

「ねぇ、レイ」

「どうした？」

自然に私はそっと彼の手を握る。これ以上の言葉は必要なく、彼もそれを受け入れてくれる。

私たちは互いの体温を、ここに生きていることを確認しながら……私は束《つか》の間《ま》の幸福感に浸る。

「その、さ」

「なんだ？」

「夏休みだけど、うちに来ない？」

「アメリアの実家に？」

「うん。その、ね。お母様に話したの、レイのこと。あ、氷剣のことは話してないよ？

でもその、仲のいい友達ができたって言うと連れて来なさいって言うから……その、私も
来てくれたら嬉しい」

「もちろんだ。夏休みはまだ予定も空いている。是非、行かせて欲しい」

「うんっ！」

もう私は一人じゃない。

そう改めて思う。

ふと空を見ると、星々が輝いていた。

この煌《きら》めく星空を二人でじっと見つめる。

私も今見ている星のように、この世界の下《もと》で煌めくような人生が送りたいと——そう願
った。


「アメリアちゃーんっ！」

「アメリアー！」

「アメリア！」

「おーいっ！　アメリアー！　いくぞーっ！」
「うん！　ちょっと待って！」

もっと書きたいことはあったけど、これで十分かな。
窓から風が入ってくる。
それによって、パラパラとページをめくられて日記が閉じてしまう。
そしてそこには、空に羽ばたく大きな鳥の絵が描かれていた。
この日記を買う際に、私はこのデザインだからこそ買うことにした。
もう私は籠の中の鳥じゃない。
この大空に飛び立つ鳥なのだと、そう分かったから。
窓越しに空を見上げる。
夏らしい、澄んだ美しい空だ。
蟬《せみ》の鳴き声も、この茹《う》だるような暑さも、全てこの夏を構成しているものだ。
今まで夏は嫌いだった。
それに、自分も嫌いだった。
大嫌いだった。
でも今は、この夏も、自分も大好きだ。

みんなのことも、大好きになった。

「アメリアーっ！　置いていくぞーっ！」

レイの声が聞こえる。

今日はみんなで街に遊びにいく約束をしていた。数日後にはみんな実家に帰り始めるから、ちょうどいい機会ということでそうしたのだ。

「待ってー！　いま行くからっ！」

そうして私は、みんなの待っている方へと向かう。

——瞬間。鳥の鳴き声が聞こえた。

後ろを振り向くと、窓越しに一羽《わ》の鳥が、この大空に舞うのが見えた。

きっと私もあの鳥のように、これからこの大空へと飛び立っていくのだろう。

籠の中の鳥は、自由に羽ばたく翼を手に入れ、この大空をどこまでも高く、高く、飛んでいく——。

あとがき

初めましての方は、初めまして。一巻から続けてお買い上げくださった方は、お久しぶりです。作者の御子柴奈々《みこしばなな》です。星の数ほどある作品の中から、本作を購入していただきありがとうございます。

さて、第二巻はいかがでしたでしょうか？　少しでも楽しんでいただければ、作者としてこれ以上嬉しいことはありません。また改めて表紙を見てもらうと分かりますが、アメリアとアリアーヌの周りに蝶が舞い飛んでいるのは最後の戦いをモチーフにして描いてもらったためです！　最後まで読むとその意味が分かるという粋な感じにしたかった、という私の意図を反映していただきました（果たして、本当に粋なのかな……？）。

そして、最後までお読みになった方はすでに分かっていると思いますが……二巻は本当に大ボリュームになってしまいました……（汗）。

実は初稿段階ではさらに倍の文量があったのですが、なんとか全体を調整して今のボリュームに落ち着きました。しかし、私としては二巻ではやりたいことが十分に描《えが》けたと思っております。一番はやはり、アメリアの物語を書きたいと思っていました。レイと出会うことで、彼女はどのように変化して自分と向き合っていくのか。まだ明確な答えを見つけたわけではありません。けれどきっとアメリアはこの先、悩みながらも進んでいくのでしょう。大切な仲間とともに。

レイもまたアメリアと同様に迷っていました。彼女の心に触れてもいいのかと。彼もまた、この物語で十分に成長することができたかなと。ずっと人の心に響くような熱い物語を描《えが》きたいと思っていたので、少しでも何かを本作から感じ取っていただければ本当に嬉しいです。

また二巻の内容自体は、実はサルトルという哲学者の実存主義という考え方を参考に書かせていただきました。ざっくりと説明すると、存在は本質に先立つという意味です。つまりは、人間という存在に生きる目的はなく、ただ存在だけが先行しているという感じでしょうか。例えば、ペンなどの道具は先に目的（書くこと）がありますが、人間にはそれがありません。生きる意味も目的もなく、存在だけが先立っているのです。

でもだからこそ、この二巻で触れたように、人は心を通い合わせて生きていく意味を探していくのではないか……生きる意味がないのは悲劇ではなく、後から見つけることでそれが希望になり得ると示したいと思って、二巻を書いていきました。

こう言うと大袈裟に聞こえるかも知れませんが、別に特別なメッセージを込めているわけではありません。ただ、私自身は物語のおかげで人生を楽しめているので、今度は自分がその楽しさを与える側になれたらいいなと思いまして。

長々と書きましたが、純粋にレイたちの物語を楽しんでいただければそれだけで十分に嬉しいです！　最後までお読みいただき、本当にありがとうございました！

謝辞になります。

梱枝《こりえ》りこ先生。今回も素晴らしいイラスト、ありがとうございます。最高の表紙に、新キャラもたくさん可愛く描いてくださりありがとうございました！

担当編集の庄司《しょうじ》さんには今回もとてもお世話になりました。初稿から大幅な改稿作業になりましたが、最後までお付き合いいただきありがとうございました！

その他にも多くの方々のご協力があったからこそ、本作を仕上げることができました。

また、『氷剣の魔術師が世界を統べる』のコミカライズ第一巻が十一月九日に発売です！ちょうど本作発売日の一週間後になります。作画を担当してくださっているのは、佐々木《ささき》宣人《のりひと》先生です。めちゃくちゃ迫力のある作画になっております！是非、コミカライズの方もよろしくお願いいたします。本当に誇張抜きで凄い漫画になっておりますので！

それではまた三巻でお会いしましょう！三巻は夏休み編を予定しており、色々と面白いことになりますのでご期待ください！

二〇二〇年　九月　御子柴奈々

あとがき
アリアーヌ♥
祝2巻♥

講談社ラノベ文庫

氷剣《ひょうけん》の魔術師《まじゅつし》が世界《せかい》を統《す》べる2

世界最強《せかいさいきょう》の魔術師《まじゅつし》である少年《しょうねん》は、魔術学院《まじゅつがくいん》に入学《にゅうがく》する

御子柴奈々《みこしばなな》

2020年10月29日第1刷発行

発行者	森田浩章
発行所	株式会社　講談社 〒112-8001 東京都文京区音羽2-12-21
電話	出版　(03)5395-3715 販売　(03)5395-3608 業務　(03)5395-3603
デザイン	百足屋ユウコ＋石田隆（ムシカゴグラフィクス）
本文データ制作	講談社デジタル製作
印刷所	豊国印刷株式会社
製本所	株式会社フォーネット社

ISBN978-4-06-521330-8　N.D.C.913　399p　15cm
定価はカバーに表示してあります

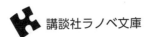